The Singing Bones

뼈들이 노래한다

손 탠과 함께 보는 낯설고 잔혹한 〈그림 동화〉

Shaun Tan

숀 탠 · 황윤영 옮김

THE SINGING BONES

차 례

그림 형제는 어떻게
세상에서 성공하게 되었나

잭 자이프스*

어떻게 가능했을까? 독일 헤센주의 하나우라는 작은 도시에서 1785년과 1786년 연년생으로 태어난 야코프 그림과 빌헬름 그림이란 두 시골 사내가 그저 민담과 동화를 수집한 것으로 전 세계적인 유명세를 얻은 일이 말이다. 만약 그림 형제가 오늘날까지 살아 있었다면 자신들의 이야기 모음집인 『어린이와 가정을 위한 이야기』의 최종판이 160개의 언어와 문화적 방언으로 번역되었으며, 유네스코 세계기록유산으로 등재되었다는 사실을 알고 아마 깜짝 놀랄 것이다. 하지만 그림 형제는 자신들의 방대한 문헌학 연구가 이야기 모음집보다 더 중요하다고 믿었다. 그러니 1812년과 1815년에 처음 나온 『어린이와 가정을 위한 이야기』1, 2권의 200주년을 기리기 위해 진행되었던 수많은 행사나 기념본을 보았다면 그들은 뭐라고 말했을까?

여기에서 하고자 하는 말은 그림 형제가 수집한 이야기 중 하나인 「여섯 사내는 어떻게 세상에서 성공하게 되었나」와 다소 비슷한 면이 있다. 「여섯 사내는 어떻게 세상에서 성공하게 되었나」는 무자비한 왕에게 혹사당하고 강제로 퇴역당해 불만을 품은 어떤 병사가 세상으로 나아가 다섯 명의 초인들과 힘을 합쳐 복수하는 내

---

*미국의 동화 연구가이자 평론가. 미네소타 대학교 독문과 명예교수로 재직 중이며, 〈그림 동화〉를 영어로 완역하기도 했다. ─이하 *표시 옮긴이 주.

용을 담은 이야기이다. 그림 형제의 삶을 이 이야기에 빗대어 본다면, 부유하고 존경받는 치안 판사였던 아버지가 갑자기 세상을 뜬 뒤 그들은 사회적 지위를 잃고 시련을 겪지만, 의연하게 세상으로 나아가 결국 시련을 극복해 낸다.

1796년, 남편이 사망하자 홀로 아들 다섯과 딸 하나를 키워야 했던 그림 형제의 어머니는 대가족을 부양할 수단이 없었던 탓에, 간신히 친척들의 도움을 받아 당시 열한 살과 열 살이던 그림 형제를 헤센주의 카셀에 있는 엘리트 학교에 보낼 수 있었다. 사회적으로 불리한 환경 속에서도 그림 형제는 둘 다 수석으로 학교를 졸업한 뒤, 1802년과 1803년에 마르부르크 대학에 진학하여 법학을 공부했다. 하지만 결국 그들이 관심을 갖게 된 것은 법학이 아닌 문헌학이었다. 그림 형제는 고문서, 무용담, 서사시, 전설, 신화, 우화, 불가사의한 이야기 속에 중북부 유럽의 의식, 전통, 생활상의 본질적인 진실이 들어 있다고 믿었다. 민속학이 독일 민족의 풍부한 공동 유산을 전수하기 위한 수단이라고 생각한 그들은 남은 생애 동안 보석과도 같은 고대 문학과 풍습들을 발굴해서 지켜 나가기로 굳게 맹세했다. 구어도 문어도 그림 형제에게는 신성한 것이었고, 이야기로 유대감을 형성해 분열된 독일 민족을 통합시키면 민족국가 이상으로 발전할 수 있을 것이라고 생각했다.

그들의 이 맹세는 유럽 혁명기 동안 기록물로써 결실을 거두었다. 그 시기는 독일의 고전주의 문학과 낭만주의 문학이 꽃피우던 때였다. 괴테, 실러, 노발리스, 티크, 아이헨도르프, 브렌타노, 아힘 폰 아르님, E. T. A. 호프만 등의 대표작들이 그 시기에 나왔고, 베토벤과 글루크를 비롯한 여러 작곡가들은 음악계를 충격에 빠뜨렸다. 문화 분야와 경제 분야 전반에는 실험이 대세를 이루었다. 하지만 19세기 초, 프랑스 혁명을 뒤이은 나폴레옹 전쟁이 걷잡을 수 없이 커지는 바람에 카셀시는 프랑스의 침략을 받아 점령당했다. 그림 형제는 1808년 어머니까지 세상을 뜨자 또다시 시련을 겪게 되고, 동생들의 생계를 책임지기 위해 검소하게 살면서 열심히 일했다. 야코프는 잠깐 동안 외교관이 되었고, 빌헬름은 사서가 되었다. 그러는 동안에도 그들은 계속해서 필사본과 원고, 책, 이야기를 수집하고, 중세의 노래와 시, 이야기에 대한 에세이와 책을 집필했다. 1812년 그림 형제는 친구인 클레멘스 브렌타노가 버린 이야기까지 포함해 총 90여 편의 이야기를 모은 뒤, 학술적인 서문과 주석을 달아『어린이와 가정을 위한 이야기』1권을 출간했고, 뒤이어 1815년에는 2권을 출간했다.

실망스럽게도, 〈그림 동화〉의 초판인 그 두 권의 책에 대한 반응은 썩 좋지 않았다. 평론가와 친구들은 그 이야기 모음집이 너무 학술적인 데다, 내용도 다소 불쾌하고 음산하고 재미없으며, 각주만 잔뜩 실린 채 삽화도 하나 없다고 비평했다. 그럼에도 그림 형제는 그 이야기들이 의미 있다고 믿었기 때문에 자신들의 계획을 포기하지 않았다. 빌헬름은『어린이와 가정을 위한 이야기』2판의 편집을 맡는 동시에 야코프와 함께 두 권짜리 모음집인『독일의 전설』을 내놓았고, 야코프는『독일어 문법』이라는 방대한 책을 썼다. 빌헬름이 많은 변화를 줬음에도 불구하고 1819년 내놓은『어린이와 가정을 위한 이야기』의 2판은 또다시 혹평을 받았지만, 그들은 이에 굴하지 않고 계속해서 이야기를 수집했으며 심지어는 아일랜드와 스칸디나비아반도의 이야기들까지 번역해 나갔다. 그러던 어느 날, 그들의 이야기의 운명을 바꾸게 된 소포 하나가 그들 앞에 도착했다.

1823년 그림 형제는 자신들의 1819년 판에 실린 이야기들 가운데 일부를 옮겨『독일 민담집』이란 제목으로 출간한 영어 번역본 한 부를 받았다. 그 책은 변호사이자 민속학자인 에드거 테일러라는 번역가가 런던에서 보내온 것이었다. 그때까지만 해도 그림 형제는 자신들의 이야기 모음집을 다른 나라에 전파시키거나 그 안에 삽화를 넣는 일보다는 독일의 문화유산과 연결된 옛이야기를 발굴하는 것에 더 관심이 많았다. 그러나『독일 민담집』을 받아 본 순간, 그들의 생각이 조금씩 바뀌기 시작했다. 그 재기 넘치는 번역본에는 풍자화가인 조지 크룩섕크가 그린 삽화 열한 점이 실려 있었다. 색다르고 흥미로운 이 삽화에 깊은 인상을 받은 그림 형제는 독일의 독자들에게 자신들의 작품이 더 잘 알려지기를 바라는 마음에서, 1825년 남동생 루트비히의 '고딕풍' 동판화 일곱 점을 실어 이야기 모음집의 가족용 특별판을 만들기로 결정했다. 50편의 이야기가 실려서 소위 '소형판'으로 불린 이 특별판은 그림 형제가 살아 있는 동안, 다양한 삽화와 함께 1858년까지 열 번에 걸쳐 인쇄되었으며 서문과 주석을 포함시킨 '대형판'과 거의 병행하여 나왔다. 대형판은 개정을 거듭하며 일곱 차례 출간되면서 1857년 삽화 없이 210편의 이야기만 실린 판본으로 막을 내렸다.

순수 문헌학자로 이름을 떨치고자 했던 그림 형제는 1837년의『어린이와 가정을 위한 이야기』3판 뒤로 출간된, 불쾌한 부분을 대폭 수정한 개정판들과 어린이용 책으로 고쳐 쓴 소형판들에 독자들이 반응하며 점점 유명해지기 시작했다. 그 긍정적인 반응에 그들은 기쁜 가운데서도 계속 학자로서의 경력을 키우기 위해 공부에 매진했다. 그 결과 문헌학 저술들로 굉장히 높은 평가를 받았고, 괴팅겐 대학의 문헌학 교수직을 제안받아 1829년 카셀을 떠나게 되었다. 그즈음 빌헬름은 1판에 실린 이야기들을 모으는 데 공헌을 한 도로첸 빌트와 결혼했다. 그리고 평생 독신으로 살았던 야코프는 계속 빌헬름 가족과 함께 살면서 늘 동생과 서로 책상을 마주 보며 자신들의 맹세를 지켜 나갔다.

그림 형제는 괴팅겐에서 큰 존경을 받으며 독일의 언어학, 법학, 관습에 관한 여러 권의 저서를 써서 출간했다. 하지만 진보적인 정치 성향을 지닌 그들은 독재자 하노버 왕에 대한 충성을 거부하는 바람에 1837년 괴팅겐에서 추방당했다. 그 후 그들은 카셀로 가서 속담에 관한 연구를 계속하고 방대한 분량의『독어 사전』을 쓰기 시작했는데, 그것은 독일어권 최초의 독어 사전이 되었다. 그림 형제는 원고료만으로 그때그때 간신히 먹고 살아가야 했으나, 다행히 1840년 형제 모두 베를린의 훔볼트 대학에서 교수직 제안을 받아 남은 평생을 그곳에서 보냈다. 빌헬름이『어린이와 가정을 위한 이야기』의 모든 개정판을 책임지는 가운데, 그림 형제는 독일의 언어와 민속의 역사에 관한 저서들을 집필하는 일뿐만 아니라『독어 사전』을 편집하는 일에도 함께 관심을 기울였다. 동시에 1848년 독일혁명의 대의명분에 대한 강력한 지지를 표명했으며, 야코프는 베를린을 대표해 프랑크푸르트로 가서 국

민의회의 주요 인사로 참여하기도 했다.

　그림 형제는 1852년 훔볼트 대학에서 퇴직한 후에도 이야기를 수집하고 글 쓰는 일을 멈추지 않았다. 그들은 결코 명성을 추구하지 않았으며, 자신들이 수집한 이야기가 전 세계로 뻗어 나갈 것이라고도 전혀 생각하지 않았다. 시골 출신 형제 빌헬름과 야코프는 각각 1859년과 1863년 겸손하고 평화롭게 세상을 떠났다.

　하지만 이것은 내가 하고자 하는 이야기의 끝이 아니다. 아니, 좀 더 정확히는 그림 형제와 그들의 이야기 모음집에 대한 '동화'의 끝이 아니다. 그들이 모았던 이야기는 보통 사람들에 대한 신성하고도 뛰어난, 매우 흥미로운 이야기였기 때문에 현대의 기술과 대중 매체의 도움 없이도 전 세계에 퍼져 나가기 시작했다. 게다가 대형판, 소책자, 단행본, 프린트물, 토이북 등 형태를 가리지 않고 대개 삽화가 함께 들어갔다. 설명적이고 진지하기보다는 장식적이고 익살맞았던 초기 삽화들에 뒤이어 20세기로 전환될 때쯤에는 색다른 삽화들이 쏟아져 나왔다. 리처드 도일, 월터 크레인, 에드워드 웨이너트, 아서 래컴, 알베르트 와이스거버, 에드먼드 딜락, 제니 하버, 제시 윌콕스 스미스, 오토 우벨로데, 조니 그루엘, 카이 닐센, 이지 트릉카, 요제프 샤를, 구스타프 텐그렌, 프리츠 크레델, 완다 가그 같은 영국, 독일, 프랑스, 스칸디나비아반도, 미국의 삽화가들이었다. 이런 삽화가들의 창의적이고 다양한 접근들이 〈그림 동화〉를 더욱 풍요롭고 아름답게 꾸며 주었다. 하지만 이들은 〈그림 동화〉에 있는 잔인한 인간의 투쟁들을 최소화하는 경향이 있었고, 이는 19세기를 지나며 〈그림 동화〉의 원래 대상 독자층이 어른에서 어린이로 바뀌었기 때문이었다. 그리고 그 변화는 바로 출판사들의 주도하에 이루어졌다.

　1970년대 여성해방운동이 활발해지고 나서야 비로소 앤 섹스턴, 앤절라 카터, 타니스 리, 마거릿 애트우드 같은 주요 작가들에 의해서 〈그림 동화〉의 삽화와 개작에 대한 혁신이 일어나기 시작했다. 〈그림 동화〉의 중요한 삽화들은 모리스 샌닥과 데이비드 호크니의 작품에서도 찾아볼 수 있지만, 가장 폭발적이고 해설적인 삽화들은 21세기에 들어서 키키 스미스, 폴라 레고, 샤론 싱어, 지나 리설랜드, 내

털리 프랭크를 비롯한 실험적인 예술가들의 그림과 조각품, 그리고 독일의 니콜라우스 하이델바흐와 주잔네 얀센, 이탈리아의 파비안 네그린, 미국의 앤드리아 데주의 작품으로도 나왔다. 이들이 묘사한 〈그림 동화〉는 마음을 동요시키고, 보는 사람들로 하여금 그 작품의 바탕이 된 이야기와 감정에 의문을 제기하게끔 만들었다. 이 예술가들은 그림 형제의 이야기를 깊이 파고 들어가서 자신만의 개인적이고 특이한 개성을 불어넣었다. 이들의 작품은 단순히 주요 장면을 표현하거나 꾸민 것이 아니라, 전통적인 관점을 비틀어 봄으로써 시각적으로 이야기를 해석하고 이야기에 깊이를 더했다.

그러는 사이, 숀 탠이라는 이름의 또 다른 '시골 사내'가 호주의 퍼스에서 유럽과 미국의 세계적인 미술계로 나아가 성공을 거두었다. 〈그림 동화〉에 끌린 그는 비틀어 보거나 도전하는 식이 아닌, 그림 형제가 호평할 만한 방식으로 그들의 동화를 탐험하고 조각으로 구현했다. 그림 형제의 창조적이고 세심한 손길이 없었더라면 이 세상에서 기억되지 못했을 흔한 소재인 〈그림 동화〉는 숀 탠의 색다른 조각품들에 의해 새 생명을 얻는다. 숀 탠은 이야기 속 인물들을 대조적인 색상의 작은 입체 조각들로 재현함으로써 〈그림 동화〉를 재해석하고 시각적으로 새로운 이야기를 들려준다.

숀 탠 조각품의 근간을 이루는 느낌은 '낯섦'이다. 그가 표현해 낸 「여섯 사내는 어떻게 세상에서 성공하게 되었나」의 영웅들은 전혀 영웅처럼 보이지 않는다. 그들은 체스판처럼 보이는 곳 위에 반원형으로 서 있는데, 정확한 위치에 놓여 있지도 않고 세상 속으로 나아갈 것처럼 보이지도 않는다. 하지만 그 작은 인물들은 기이하고 색달라서 금방이라도 기적 같은 일을 이뤄 낼 것만 같아 보인다. 조각품을 통해 그런 특별한 느낌을 줄 수 있는 것이다.

숀 탠의 조각품에 깃든 낯섦에 이끌린 우리는 그 조각품들을 응시하게 되고, 그것들이 어떻게 만들어졌으며 왜 동화 속에서 끌려 나오게 된 것인지를 알아내기 위해 그것들을 움직여 보고 싶은 유혹에 빠진다. 그 조각품들은 하나의 세상에서 끌

려 나와 다른 무대에 설치된 것이다. 그것이 바로 그림 형제가 자신들이 수집한 이
야기로 했던 일이고, 숀 탠의 조각품은 〈그림 동화〉의 영향을 받아 의도치 않게 우
연히 파생된 결과물 같은 것으로 볼 수 있다. 아니, 어쩌면 〈그림 동화〉에서 파생
된 결과물이 아니라 〈그림 동화〉를 흡수해 새롭게 탄생시킨 숀 탠의 창작물이라고
말해야 할 것이다. 바로 숀 탠이 〈그림 동화〉를 스스로 움직이고 말하는 기적적인
미술품으로 탈바꿈시켰기 때문이다.

〈그림 동화〉와 조각의 만남

개구리 왕자

"그래, 그럴게. 우물 바닥에서 나의 소중한 황금 공을 찾아서 갖다 주기만 하면 네가 원하는 건 뭐든 다 들어주겠다고 약속할게!"

공주는 말은 그렇게 했지만 속으로는 이렇게 생각했다.

'멍청한 개구리 같으니, 무슨 말도 안 되는 소리람! 그냥 다른 개구리들하고 우물 속에 앉아서 개굴거리기나 할 것이지. 개구리 주제에 어떻게 사람과 친구가 되길 바란단 말이야?'

고양이와 쥐의 교우

고양이와 함께 비계 단지를 보관해 둔 교회에 도착한 쥐가 비계 단지가 텅 비어 있는 것을 보고 깜짝 놀라 소리쳤다.

"이제야 알겠어! 네가 새끼고양이들에게 대부가 되어 주러 갔을 때마다 실제로 무슨 일이 벌어졌는지! 네가 어떤 친구인지 이제야 알겠어!"

"한 마디만 더 했다간 봐." 고양이가 경고했다.

"아니 어떻게 네가……."

쥐가 말을 마치기도 전에 고양이가 쥐에게 달려들어 꿀꺽 집어삼켜 버렸다. 그리고 그런 것이 바로 세상의 이치가 아니겠는가.

·3·
헨젤과 그레텔

케이크로 된 지붕이 엄청나게 맛있어서 헨젤은 지붕을 크게 한 조각 뜯어내 아래로 내렸고, 그레텔은 설탕으로 된 동그란 창유리 한 조각을 떼 내서 바닥에 앉아 무척 맛있게 먹었다. 갑자기 문이 벌컥 열리며 목발을 짚은 아주 늙은 노파가 집 밖으로 살금살금 걸어 나왔다. 헨젤과 그레텔은 화들짝 놀란 나머지 손에 쥐고 있던 케이크와 설탕 조각을 떨어뜨렸다. 하지만 노파는 머리를 흔들며 말했다.

"이런, 귀엽기도 하지. 얘들아, 누가 너희를 여기로 데려왔니? 안으로 들어와 나와 함께 지내자꾸나. 아무도 너희를 해치지 않을 거란다."

·4·
빨간 모자

"어, 할머니, 귀가 왜 이리 커졌어요?"

"네 말을 더 잘 듣기 위해서란다."

"어, 할머니, 손은 또 왜 이리 커졌어요?"

"너를 더 잘 잡기 위해서란다."

"어, 할머니, 입은 또 왜 이리 엄청나게 커졌어요?"

"너를 더 잘 먹기 위해서란다!"

소름을 찾아 집을 나선 소년

소년은 교수대가 있는 곳으로 가서 그 밑에 앉아 밤이 오기를 기다렸다. 소년은 추워서 모닥불을 피웠다. 교수대에 걸린 사람들에게로 바람이 불어 닥치자 그들이 서로 부딪치며 이리저리 흔들렸다. 그러자 소년은 생각했다.

'저 위는 정말 얼어붙을 정도로 춥겠어. 저 사람들을 모두 내려 불가에 앉혀 주는 게 좋겠어.'

소년은 생각을 행동에 옮겨 한 명씩 차례로 모두 일곱 명을 교수대에서 내려서 불가에 앉혔다. 그런데 얼마 지나지 않아 말 한 마디 없이 미동도 않고 소년의 옆에 앉아 있던 그 사람들의 바지에 불이 붙었다. 그러자 소년 이 말했다.

"조심해요. 안 그러면 당신들 모두 다시 위에다 매달아 버릴 겁니다!"

·6·
충신 요하네스

왕이 요하네스에게 당부했다.

"짐이 죽거든 그대가 왕자에게 이 성 전부를 보여 주도록 하오. 모든 방과 연회실, 그리고 지하실, 또 그 안에 있는 보물들도 함께 말이오. 허나 절대로 왕자에게 '황금 지붕 궁전 공주'의 초상화를 숨겨 놓은 긴 복도 끝 방은 보여 줘서는 아니 되오. 왕자가 그 초상화를 보게 되면 그 공주를 열렬히 사랑하게 되어 그 공주 때문에 큰 모험을 겪어야만 하니까 말이오. 그런 일이 벌어지지 않도록 그대가 왕자를 지켜야 하오."

열두 오빠

옛날 옛적, 왕과 왕비가 함께 평화롭게 살았다. 두 사람 사이에는 아이가 열두 명 있었는데 모두 사내아이였다. 어느 날 왕은 아내에게 말했다.

"앞으로 태어날 우리의 열셋째 아이가 딸이면 위의 열두 왕자를 모두 죽여야 하오. 그래야 열셋째 혼자 우리 재산과 왕국을 모두 차지할 수 있을 테니 말이오."

왕은 심지어 관까지 열두 개 마련해 대팻밥으로 채우게 했다. 관마다 죽었을 때 뉠 베개를 하나씩 넣은 다음, 관을 모두 한 방 안에다 넣고는 방문을 걸어 잠갔다. 왕은 그 방의 열쇠를 왕비에게 맡기며 이 일에 대해서는 절대 어느 누구에게도 한 마디도 발설해서는 안 된다고 일렀다. 그러자 왕비는 주저앉아 하루 종일 비탄에 잠겼고 급기야 막내아들이 왕비에게 물었다.

"사랑하는 어머니, 무슨 일로 이리 슬퍼하십니까?"

하얀 뱀

왕의 접시를 치우던 시종은 호기심에 굴복하고 말았다. 그는 접시를 자신의 방으로 가져와 조심스레 방문을 걸어 잠그고는 접시의 뚜껑을 들어 올렸다. 접시에 놓여 있는 것은 하얀 뱀이었다. 시종은 일단 그것을 보게 되자 맛보고 싶은 욕망을 억누를 길이 없었다. 그래서 그는 조그맣게 한 조각을 잘라 입에 넣었다. 그것이 혀에 닿자마자 창밖에서 아름다운 목소리들의 낯선 속삭임이 들려왔다. 창가로 가서 귀를 기울여 보니 참새 몇 마리가 들판과 숲에서 본 것들에 대해 서로 이야기를 나누는 소리였다. 그 뱀을 먹자 그에게 동물의 말을 알아듣는 능력이 생기게 된 것이었다.

·9·
어린 남매

"안 돼, 오빠! 그 샘물을 마시지 마. 그걸 마셨다간 오빠는 사슴으로 변해서 나를 두고 달아나 버릴 거야."

여동생이 외쳤지만 오빠는 이미 샘 앞에 무릎을 꿇고 앉아 몸을 숙여 샘물을 조금 마시고 난 뒤였다. 샘물 몇 방울이 입술에 닿기가 무섭게 그는 어린 사슴으로 변해 그곳에 엎드려 있었다. 마법에 걸린 오빠가 불쌍해서 여동생이 슬피 울기 시작하자 어린 사슴도 따라 슬피 울었다.

마침내 소녀가 울음을 그치고 말했다.

"쉿, 사랑스런 사슴아, 이제 그만 울음을 그치렴. 무슨 일이 일어나도 나는 너를 절대로 버리지 않을 거야."

·10·
라푼첼

라푼첼은 하늘 아래 가장 아름다운 아이로 자라났다. 하지만 열두 살이
되자 여자 마법사는 라푼첼을 숲속에 있는 탑에 가뒀다. 그 탑에는 문도 계
단도 없었고 맨 꼭대기에 작은 창문이 하나 나 있을 뿐이었다. 마법사는 라
푼첼을 만나러 올라가고 싶을 때마다 탑 밑에 서서 소리치고는 했다.

"라푼첼, 라푼첼, 네 머리카락을 내려 다오."

숲속의 세 꼬마 도깨비

소녀는 꼬마 도깨비들과 일일이 악수를 하며 고맙다고 인사를 건네고는 계모가 따 오라고 시킨 눈밭의 딸기를 가지고 집으로 달려갔다. 소녀가 집으로 들어서며 "다녀왔습니다" 하고 말하는 순간, 소녀의 입에서 금 한 조각이 튀어나왔다. 곧이어 소녀는 숲속에서 있었던 일을 들려주었는데 말을 한 마디 할 때마다 금 조각들이 입에서 쏟아져 나왔고 급기야 얼마 지나지 않아 온 방 안이 금으로 가득 찼다.

"저 거만한 계집애 좀 봐! 돈을 여기저기 막 뿌리네!"

의붓언니가 소리쳤다. 하지만 말은 그렇게 해도 속으로는 부러웠던 나머지 의붓언니는 자기도 입에서 금이 쏟아져 나왔으면 하는 마음에 눈밭의 딸기를 찾으러 숲속으로 가고 싶었다.

뱀이 물고 온 나뭇잎 세 장

충직한 하인은 공주가 그 배의 선장에 대한 격정에 사로잡힌 나머지 자신의 주인인 가엾은 남편을 살해해 시체를 배 밖으로 던져 버리는 광경을 모두 목격했다. 그래서 그 두 배반자들이 계속 항해해 나가는 동안, 하인은 몰래 그 배에서 작은 보트를 내려 옮겨 타고 주인의 시신을 따라가 바다에서 건져냈다. 하인은 주인의 눈과 잎에 뱀이 물고 온 마법의 나뭇잎들을 올려 주인을 다시 살려내는 데 성공했다.

그런 뒤 두 사람은 밤낮으로 있는 힘을 다해 노를 저었고, 그들의 작은 보트는 굉장히 빠르게 바다를 가로질러 공주와 선장보다 먼저 성에 도착했다. 공주의 남편이 장인인 늙은 왕에게 어떤 일이 있었는지 들려주자 왕이 말했다.

"내 딸애가 그런 끔찍한 짓을 저질렀다니 도저히 믿을 수가 없구나. 하지만 진실은 곧 밝혀질 것이니라."

어부와 아내

"도다리야, 도다리야, 바다 속의 도다리야.
네가 사람이라면 내게 말해 다오.
난 내 아내의 부탁이 맘에 들지 않지만
그래도 어쩔 수 없이 네게 부탁하러 왔단다."

"그래, 아내 분 부탁이 뭔가요?" 도다리가 물었다.

"오, 도다리야, 내 아내는 황제가 되고 싶어 한단다."

"댁으로 돌아가 보세요. 아내 분은 이미 황제가 되어 있을 거예요." 도다리가 말했다.

어부가 집으로 돌아가니 성 전체가 반짝반짝 광이 나는 대리석과 황금 장식으로 되어 있고, 행진하는 병사들로 둘러싸여 있었다. 황궁 안에는 남작과 백작, 공작들이 시종들처럼 돌아다니고 있었다. 그들이 그를 위해 순금으로 된 문을 열어 주어서 안으로 들어가니 그의 아내가 통짜 금으로 만든 3킬로미터 남짓 되는 높이의 왕좌에 앉아 있는 모습이 보였다. 그의 아내가 말했다.

"여보, 왜 그렇게 서 있어요? 제가 황제가 된 건 맞지만 이제는 교황이 되고 싶어요. 그러니 가서 도다리에게 부탁해 줘요."

용감한 꼬마 재단사

거인은 꼬마 재단사를 쳐다보며 가소롭다는 듯이 말했다.

"요 쪼그만 녀석 좀 보게! 보잘 것 없는 녀석 주제에!"

"오호, 그렇게 생각하셔?" 꼬마 재단사는 그렇게 대꾸하면서 코트를 활짝 펼쳐 거인에게 큼지막한 글귀가 수놓아진 자신의 허리띠를 보여 주었다. "이 몸이 어떤 분이지 직접 한번 읽어 보시지!"

거인은 '한 방에 일곱!'이란 글을 보고는 그 재단사가 작업실에서 파리 일곱 마리를 때려잡았다는 뜻이 아니라 사람 일곱 명을 죽였다는 뜻으로 잘못 받아들였다. 그래서 거인은 그 꼬마에게 약간의 존경심을 보이기 시작했다.

· 15 ·

신데렐라

그들은 그녀가 아침부터 밤까지 열심히 일하기를 바랐다. 그녀는 동이 트기 전에 일어나 집으로 물을 길어 오고, 불을 피우고, 요리를 하고, 청소를 해야만 했다. 게다가 그녀의 의붓언니들은 그녀를 비통하게 하고 조롱하기 위해 상상할 수 있는 온갖 짓들을 했다. 이를 테면, 콩을 벽난로의 잿더미 속에 쏟아부어 놓고는 그녀가 그곳에 앉아 콩을 골라내게 하거나, 일에 지쳐 녹초가 된 밤이면 그녀를 침대에서 쫓아내 벽난로 옆의 잿더미 속에서 누워 자게 했다. 이런 이유로 그녀는 늘 먼지투성이에 무척 지저분한 모습이었고 '재투성이 소녀'란 뜻의 '신데렐라'로 불리게 되었다.

·16·
수수께끼

"주인에게 이걸 가져다주게나." 마녀가 시종에게 이별주를 건네며 말했다. 그런데 그 순간 유리잔이 깨지면서 독이 시종의 말에 튀었고, 아주 치명적인 독이었던 탓에 말은 그 자리에서 바로 쓰러져 죽었다. 시종은 주인에게 달려가 무슨 일이 일어났는지 보고했다. 하지만 안장을 버리고 가고 싶지 않았던 왕자는 안장을 갖고 오라고 시종을 다시 돌려보냈다. 시종이 죽은 말에게로 다시 돌아가 보니 까마귀가 이미 그곳에 앉아서 죽은 말의 몸통을 파먹고 있었다.

"오늘 이것보다 나은 먹을거리를 구하리란 보장이 어디 있겠어?"라고 혼잣말을 하며 시종은 까마귀를 잡아서 들고 갔다.

실 잣는 세 여자

비탄에 잠긴 채 창가로 간 처녀는 여자 셋이 자기 쪽으로 오고 있는 것을 보았다. 첫 번째 여자는 발이 굉장히 넓적했고, 두 번째 여자는 아랫입술이 어찌나 두툼하던지 턱을 다 덮을 정도였고, 세 번째 여자는 엄지손가락이 엄청나게 컸다. 그 여자들은 창문 앞에 멈춰 서서 그녀에게 무슨 일로 이렇게 비탄에 잠겨 있느냐고 물었다. 그녀는 그 여자들에게 아마로 실을 자아야 왕자와 결혼을 하는데 아마의 양이 너무나 많아서 그것을 다 실로 잣기란 불가능하다고 말했다. 만약 실패하면 그것으로 그녀는 끝장이라는 사실도 말해 주었다. 그러자 세 여자가 말했다.

"우리가 당장 아가씨를 위해 그 아마로 실을 잣도록 하죠. 하지만 대신 아가씨는 우리를 결혼식에 초대해 주고 우리를 부끄러워해서도 안 돼요. 또한 우리를 사촌이라고 소개하고 아가씨 테이블에서 같이 식사하게 해 줘야 해요."

"기꺼이 그럴게요. 그러니 어서 들어오셔서 당장 일을 시작해 주세요!"

쥐와 새와 소시지

오랫동안 그들은 평화롭고 행복하게 함께 살았다. 새가 맡은 일은 매일 숲속으로 날아가 땔감을 물고 오는 일이었다. 쥐는 물을 긷고 불을 피우고 밥상을 차렸고, 소시지는 요리를 했다.

그렇지만 누구나 괜찮게 살아가면서도 훨씬 더 괜찮게 살아갈 방법은 없는지 늘 찾기 마련이다. 어느 날, 새는 이리저리 날아다니던 중 만난 다른 새에게 자신이 얼마나 멋진 삶을 살고 있는지 자랑한다. 하지만 다른 새는 너와 같이 사는 친구들은 간단한 허드렛일만 하며 집에서 빈둥거리는데 너 혼자서 힘든 일은 다 맡아서 하는 거 아니냐고 그 새를 '불쌍하기 짝이 없는 멍청이'라고 부른다. 그 말에 마음이 뒤숭숭해진 새는 그 다음 날이 되자 자신이 맡은 일을 하러 숲속에 가지 않겠다고 선언한다.

· 19 ·

들소 가죽 장화

"잘 봐요, 형제여. 아마 깜짝 놀랄 테지만, 난 지금 이 악당들의 건강을 비는 건배를 하려고 해요." 군인은 사냥꾼에게 이렇게 말한 다음, 술병을 살인강도들 머리 위로 번쩍 치켜들며 "당신들의 건강을 위해 건배! 모두 입을 크게 벌리고 오른손을 들어요!"라고 외치고는 술을 벌컥벌컥 들이켰다. 그의 말이 떨어지기가 무섭게 강도들은 모두 마치 돌로 변해 버린 것처럼 꼼짝도 않고 앉아 있었다. 강도들은 입을 벌리고 오른손을 든 채 가만히 그대로 있었다.

브레멘 음악대

동물들은 어떻게 하면 도둑들을 그 집에서 쫓아낼 수 있을 것인가 의논했다. 마침내 그들은 계획을 하나 생각해 냈다. 당나귀가 먼저 창문턱에 앞발을 올리고 반듯이 섰다. 개는 당나귀의 등 위로 펄쩍 뛰어올랐고, 고양이는 개 위로 기어 올라갔다. 그러자 수탉은 날아올라 고양이의 머리 위에 앉았다. 이렇게 자신들의 계획을 행동에 옮긴 뒤 신호가 떨어지자, 그들은 모두 함께 음악을 연주하기 시작해 당나귀는 히잉히잉, 개는 왈왈, 고양이는 야옹야옹, 수탉은 꼬꼬댁 울어댔다.

· 21 ·
노래하는 뼈

형은 동생을 앞서가게 한 다음 동생이 다리를 반쯤 건넜을 때 뒤에서 동생을 아주 세게 내리쳤고 그 바람에 동생은 쓰러져 죽고 말았다. 형은 동생을 다리 밑에 묻은 뒤 멧돼지를 짊어지고 왕에게로 가져가 자신이 그 멧돼지를 잡은 사람인 것처럼 굴었다. 그래서 왕은 자신의 딸을 그의 아내로 내주었다. 동생이 돌아오지 않자 형은 "아무래도 제 동생이 멧돼지한테 몹쓸 일을 당한 모양입니다"라고 둘러댔고 모두가 형의 말을 믿었다.

악마의 황금 머리카락 세 올

강 건너편에 도착한 청년은 지옥으로 들어가는 입구를 발견했다. 그 안은 어둡고 그을음투성이였는데 악마는 집에 없었다. 하지만 악마의 할머니가 커다란 안락의자에 앉아 있었다.

"여긴 왜 왔지?"

그렇게 묻는 악마의 할머니는 그리 사악해 보이지 않았다.

"악마의 머리카락 세 올을 가져가고 싶어서 왔어요. 안 그러면 제 아내를 지킬 수 없어요."

"그건 어려운 부탁인데. 악마가 집에 와서 젊은이를 발견하면 젊은이는 목이 날아갈 거야. 하지만 젊은이의 처지가 딱하니, 내가 도울 수 있을지 알아보도록 하지."

손 없는 처녀

한밤중에 왕과 정원사, 그리고 신부가 몰래 지켜보는 가운데 처녀가 덤불숲에서 나와 배나무 쪽으로 걸어와서 배 하나를 먹었고, 그러는 동안 하얀 옷을 입은 천사가 그녀 옆에 서 있었다. 신부가 앞으로 나가 처녀에게 말을 걸었다.

"아가씨는 하늘나라 사람입니까, 지상 사람입니까? 유령입니까, 사람입니까?"

"저는 유령이 아니라 하느님을 제외한 모든 이에게서 버림받은 불쌍한 인간입니다."

"온 세상 사람들에게서 버림받았을지는 모르나 나는 당신을 버리지 않을 것이오." 왕이 말했다.

왕은 그녀를 왕궁으로 데려갔고 그녀가 굉장히 아름답고 착했기에 진심으로 그녀를 사랑하게 되었다. 그래서 은으로 그녀의 손을 만들어 주고 그녀를 아내로 맞이했다.

·24·
새가 주운 아이

"네가 날 안 버리면 나도 널 안 버릴 거야." 레나가 말했다.

"절대 안 버려." 새가 주운 아이가 말했다.

"그럼 넌 교회로 변해. 난 교회 안에 걸린 샹들리에로 변할 테니." 레나가 말했다.

그리하여 하인 셋이 그 두 아이를 잡으러 왔을 때는 교회와 교회 안에 걸린 샹들리에 말고는 아무것도 보이지 않았다.

"여기 있어 봤자 뭐하겠나? 그냥 집으로 돌아가세." 하인들은 한숨을 쉬며 말했다.

늑대와 일곱 마리 아기 염소

엄마 염소는 막내를 집으로 보내 가위와 바늘, 실을 가져오게 했다. 그런 뒤 엄마 염소는 늑대의 배를 갈랐고, 바로 아기 염소 한 마리가 머리를 쑥 내밀었다. 엄마 염소가 배를 조금 더 가르자, 아기 염소 여섯 마리 모두가 하나씩 차례대로 다 튀어 나왔다. 아기 염소들은 모두 살아 있었으며 다친 데도 전혀 없었다. 그 괴물 같은 녀석이 식탐이 지나쳐 아기 염소들을 통째로 삼켰기 때문이었다. 그곳에 얼마나 기쁨이 넘쳐났는지! 아기 염소들은 사랑하는 엄마 염소를 얼싸안고 자신의 결혼식에 온 재단사처럼 껑충껑충 뛰며 기뻐했다. 하지만 이내 흥분을 가라앉히고 엄마 염소가 말했다.

"자, 이제 들판에서 돌덩이를 주워 오렴. 이 사악한 짐승이 아직 잠들어 있는 동안 놈의 뱃속을 돌덩이로 가득 채워 놓자꾸나."

·26·
꼬마요정들

구두장이와 그의 아내는 방 한구석에 걸린 옷가지 뒤에 몸을 숨기고 주의 깊게 지켜보았다. 한밤중이 되자, 발가벗은 귀여운 꼬마요정 둘이 방 안으로 재빨리 뛰어 들어오더니 구두장이의 작업대 앞에 앉아서 잘라 놓은 가죽 조각들을 들고 조그만 손가락들로 바느질해 붙이고 망치질하기 시작했다. 어찌나 능수능란하고 그 손놀림이 빠르던지 구두장이는 깜짝 놀라 요정들에게서 눈을 뗄 수가 없었다. 요정들은 한 번도 멈추지 않고 일을 다 끝내고는 구두를 작업대 위에 올려놓았다. 그런 뒤 그곳에서 후다닥 빠져 나갔다:

운 좋은 한스

"나는 이 커다란 덩어리를 짊어지고 집까지 내내 걸어가야만 해요. 맞아요, 이건 황금 덩어리예요. 하지만 너무나 무거운 탓에 고개를 똑바로 들 수도 없고 어깨도 심하게 짓눌려요." 한스가 투덜댔다.

"있잖아요, 그럼 우리 교환하는 게 어떨까요? 나는 내 말을 당신한테 드릴 테니, 당신은 나한테 당신의 황금 덩어리를 주는 거지요." 말을 타고 지나가던 사람이 말했다.

"좋아요. 하지만 경고하는데요, 이건 대단히 무거워서 짊어지고 가기 정말 힘들 겁니다."

· 28 ·

노름꾼 한스

"한스, 잠깐 밖으로 나오게." 죽음의 사신이 말했다.

"이번 노름판을 마칠 때까지만 잠깐만 기다려 주세요. 그동안에 바깥에 있는 나무에 올라가서 우리가 길을 가는 동안 먹을 과일을 따시면 어떨까요?" 한스가 말했다.

죽음의 사신은 나무에 올라갔지만 내려오려고 하자 마법에 걸린 나무였던 탓에 내려올 수가 없었다. 노름꾼 한스는 죽음의 사신이 7년 동안 그 나무에 올라간 채 그대로 있도록 놔뒀고, 그 세월 동안에는 아무도 죽지 않았다.

·29·
강도 신랑

"혹시 제 신랑이 될 사람이 여기에 사나요?" 예비 신부가 물었다.

"이런, 가엾기도 해라. 여기가 어딘지나 아우? 여기는 살인자들의 소굴이라우! 아가씨는 곧 신부가 되어 결혼식을 치를 것이라고 생각하겠지만 결혼식을 올리는 그날 바로 죽게 될 거라우. 저길 좀 보우! 그놈들이 저 커다란 솥을 불에 올려 물을 펄펄 끓여 놓으라고 내게 명령했다우. 그놈들은 아가씨를 손에 넣는 즉시 인정사정없이 토막 내 버릴 거라우. 그런 뒤 요리해서 먹어 버릴 거고."

노파는 이렇게 대답한 뒤 예비 신부를 커다란 통 뒤로 데려갔다. 그곳에 숨어 있으면 누구의 눈에도 띄지 않을 것 같았다.

"여기에서 쥐 죽은 듯 조용히 있어야 하우!" 노파가 단단히 일렀다.

대부가 된 죽음의 신

"나는 죽음의 신이고 모든 사람을 동등하게 대하지."

"당신이 가장 적합한 분 같군요. 부유한 자든 가난한 자든 차별하지 않고 똑같이 대하니까요. 제 아이의 대부가 되어 주시겠어요?" 사내가 물었다.

"내가 네 아이를 부유하고 유명한 사람으로 만들어 주겠다. 사실, 누구든 나를 친구로 삼는 자는 절대 어려움이라고는 모르고 살게 되지." 죽음의 신이 대답했다.

·31·

노간주나무

엄마는 나를 죽였고,
아빠는 나를 먹었네.
누이동생 마를렌은
내 뼈를 빠짐없이 추슬러서
비단에 더할 나위 없이 곱게 싸서
노간주나무 아래에 놓아두었다네.
짹짹 짹짹! 난 참으로 어여쁜 새라네!

잠자는 숲속의 공주*

물렛가락에 찔린 느낌이 든 바로 그 순간, 아름다운 공주는 깊은 잠에 빠져들었다. 잠은 이내 전체 궁전으로 퍼져 나갔다. 방금 막 돌아와 궁전에 들어선 왕과 왕비도 바로 잠들어 버렸고 궁전 안의 다른 사람들도 모두 마찬가지였다. 마구간의 말들도, 안뜰의 개들도, 지붕 위의 비둘기들도, 벽의 파리들도 모두 잠이 들었다. 깜박거리던 난로불조차도 움직임을 멈추고 잠들었다. 지글지글 굽히던 고기에서도 소리가 멈췄고, 부엌의 심부름꾼 아이가 무슨 잘못을 해서 막 그 아이의 머리카락을 잡아당기려 했던 요리사도 그 아이를 놔주고 잠이 들었다. 마지막으로 바람도 잦아들어 성 바깥의 나무들에서도 나뭇잎 하나 흔들리지 않았다.

---

*원제 : 들장미 공주

·33·
백설 공주

거울이 대답했다.

"왕비님도 아주 보기 드문 미인이시지만
백설 공주가 천 배는 더 아름답습니다."

왕비는 몸을 부르르 떨며 질투심에 얼굴이 붉으락푸르락해졌다. 그 시간 후로 백설 공주에 대한 왕비의 증오심이 어찌나 컸던지 백설 공주를 볼 때마다 심장이 고동치며 터질 것만 같았다. 질투심과 오만함이 잡초처럼 왕비의 마음속에서 점점 무성하게 자라난 탓에 왕비는 더 이상 밤에도 낮에도 평안하지 못했다. 마침내 왕비는 사냥꾼을 불러서 명령했다.

"저 애를 숲속으로 데려가서 죽이고, 그 증거로 저 애의 허파와 간을 내게 가져오너라."

·34·
여섯 마리 백조

해가 뉘엿뉘엿 질 무렵, 푸드덕거리는 소리가 들리더니 여섯 마리의 백조가 창문으로 날아들었다. 백조들이 바닥에 내려앉아 서로 날개로 바람을 일으키고 입김을 불어 대자 그들의 몸에서 깃털이 모두 떨어져 나갔다. 그런 뒤 백조들의 피부가 셔츠처럼 훌훌 벗겨졌다. 숨어서 이 모든 광경을 지켜보고 있던 그들의 누이동생은 오빠들을 알아보고는 기뻐하면서 침대 밑에서 기어 나왔다. 오빠들도 누이동생을 보고 무척 기뻐했지만 그들의 기쁨은 오래가지 못했다.

"우리는 매일 저녁 15분 동안만 백조의 모습에서 벗어날 수 있어. 그 뒤에는 다시 백조로 돌아가." 오빠들이 누이동생에게 말했다.

누이동생은 흐느껴 울며 물었다. "마법에서 풀려날 방법은 없어?"

"그러기는 힘들 것 같아. 그러려면 네가 말하지도 웃지도 않고 6년을 버텨야 하고, 또 그 기간 동안 우리를 위해 과꽃으로 작은 셔츠 여섯 벌을 지어야 하는걸. 네 입에서 말이 한 마디라도 튀어나왔다가는 그 모든 노력은 수포로 돌아가고 말아."

·35·
룸펠슈틸츠헨

"내일 아침까지 이 짚으로 금실을 자아 놓지 않으면 죽을 줄 알라." 왕은 이렇게 선언하고는 그녀를 그 방에 혼자 남겨 두고 문을 잠갔다. 방앗간 주인의 가엾은 딸은 짚으로 금실을 잣는 것에 대해서는 아무것도 몰랐기 때문에 정말 어찌 해야 할지 알 수 없었고 두려움은 점점 더 커져만 갔다. 그녀가 훌쩍거리며 울기 시작하자 문이 갑자기 열리며 아주 작은 사내가 들어왔다.

"안녕하시오, 방앗간 댁 따님, 왜 그리 울고 있소?"

"아, 그게 저, 제가 짚으로 금실을 자아야 하는데 어떻게 하는지 몰라서요." 방앗간 주인의 딸이 대답했다.

그러자 아주 작은 사내가 물었다. "만약 내가 아가씨 대신 금실을 자아 주면 내게 무엇을 줄 테요?"

36

트루데 부인

"뭘 보았는데?" 트루데 부인이 어린 소녀에게 물었다.

"계단에서 시커먼 아저씨를 봤어요."

"그건 숯쟁이란다."

"시퍼런 아저씨도 봤어요."

"그건 사냥꾼이란다."

"그다음에는 시뻘건 아저씨도 봤어요."

"그건 푸주한이란다."

"오, 트루데 부인, 얼마나 무서웠는지 몰라요. 창문으로 보니 부인은 보이지 않고 불타는 듯한 머리의 악마만 보여서 말이에요."

"아하! 그렇다면 넌 본래의 차림새로 있는 마녀를 본 거란다. 난 네가 여기로 오기를 바라며 오랫동안 기다려 왔지. 자, 이제 넌 내게 빛을 줘야겠다!"

그 말과 함께 트루데 부인은 소녀를 나무토막으로 변하게 만들어 불 속으로 던져 버렸다.

황금새

여우가 왕자에게 말했다.

"어떻게 해야 할지 제가 가르쳐 드릴게요. 이리로 곧장 가시다 보면 성이 하나 나올 겁니다. 성 앞에는 한 무리의 병사들이 있겠지만 바닥에 누워 잠들어 있을 테니 그들에게는 신경 쓰지 마세요. 병사들 사이를 그냥 지나쳐 곧장 성 안으로 들어가세요. 그런 다음 이 방 저 방 살펴보다 보면 황금새가 든 나무 새장이 있는 방에 이르게 될 겁니다. 그 나무 새장 바로 옆에는 황금 새장이 있을 거예요. 하지만 황금새를 소박한 나무 새장에서 꺼내서 화려한 황금 새장으로 옮겨 넣지 않도록 주의하세요. 그렇게 했다가는 고초를 겪게 될 테니까요."

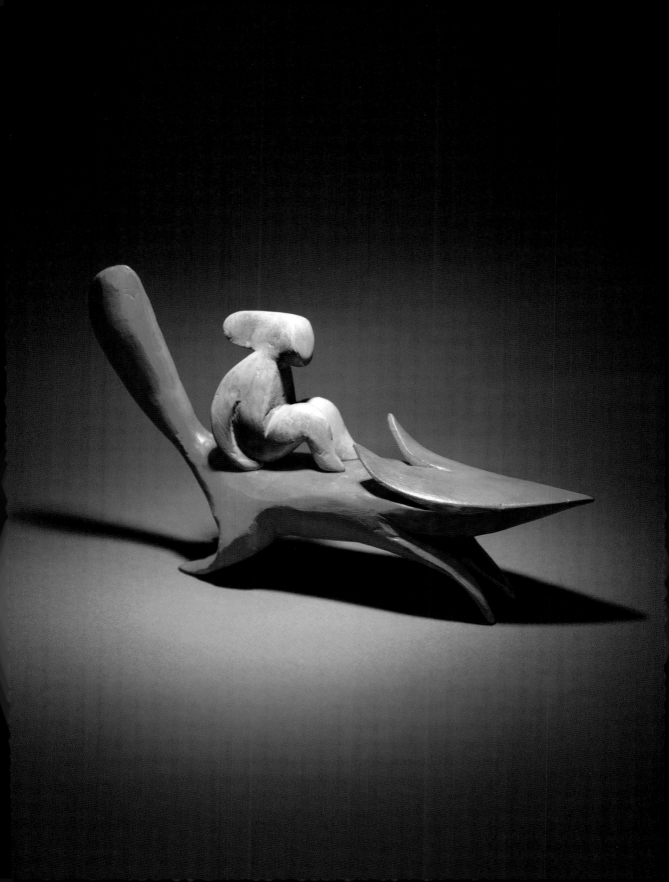

· 38 ·
여우와 고양이

"개가 쫓아올 때 내가 내 목숨을 구하기 위해 할 수 있는 거라고는 나무로 기어 올라가는 것뿐이야." 고양이가 겸손하게 말했다.

"달랑 그게 다야?" 여우가 비웃었다. "난 백 가지도 넘는 재주를 습득했고 묘책도 보따리로 한가득이야. 너무 가련해서 눈물이 다 나오려고 하네. 그래도 불쌍하니까 특별히 내가 개한테서 도망치는 방법을 가르쳐 주지."

바로 그 순간, 사냥꾼이 네 마리의 개를 데리고 접근했다. 고양이는 민첩하게 나무 위로 휙 올라가서 나무꼭대기에 앉아 나뭇가지와 잎으로 몸을 완전히 숨겼다.

"여우야, 너의 재주 보따리를 풀어 봐. 어서 풀어 보라니까!" 고양이가 여우에게 외쳤지만 사냥개들이 이미 여우를 덮쳐 꽉 물고 있었다.

작은 농부

작은 농부가 방앗간 주인에게 이제 마지막 예언이라고 말하며 까마귀의 머리를 누르자 까마귀가 큰 소리로 까악 하고 울었다.

"뭐라고 하는 겁니까?" 방앗간 주인이 물었다.

"악마가 바깥 복도의 찬장에 숨어 있다는군요." 작은 농부가 대답했다.

"당장 악마를 찬장에서 끌어내야겠소!" 하고 외치며 방앗간 주인은 현관 문을 열었다. 방앗간 주인의 아내는 숨어 있는 자신의 정부에게 경고도 하지 못한 채 찬장 열쇠를 건넬 수밖에 없었다. 방앗간 주인이 찬장을 열자 신부가 쏜살같이 달아났다. 그러자 방앗간 주인이 소리쳤다. "정말이로군! 내 눈으로 사악한 악마를 직접 봤어!"

·40·
털북숭이 공주

　"가서 어떤 짐승이 속이 빈 저 나무속에 숨어 있는지 보고 오너라." 왕이 사냥꾼들에게 명령했다.

　사냥꾼들은 왕의 명령에 따른 뒤 다시 왕에게로 돌아와 보고했다. "나무 속에는 이상한 짐승이 잠들어 있사옵니다. 저희가 한 번도 본 적이 없는 짐승이옵니다. 그 짐승의 거죽은 수천 가지 다른 털들로 이루어져 있사옵니다."

　"그럼 그 짐승을 산 채로 잡아 오도록 하라. 그런 뒤 마차에 묶어 함께 데려가도록 하자." 왕이 말했다.

　사냥꾼들에게 잡히는 순간, 짐승인 줄 알았던 그것이 깜짝 놀라 잠에서 깨며 사냥꾼들을 향해 소리쳤다. "저는 어머니와 아버지에게 버림받은 가엾은 소녀예요! 제발 저를 불쌍히 여겨 함께 데려가 주세요."

　"부엌일에 딱 맞겠군, 털북숭이 아가씨. 우리와 함께 가도록 하지. 부엌에서 재를 쓰는 일을 하면 되겠어." 사냥꾼들이 말했다.

하얀 눈과 빨간 장미 자매

그들 모두가 서로에게 익숙해지는 데는 오래 걸리지 않았고, 그 어설픈 곰 손님은 자매의 짓궂은 장난들을 참아 내야 했다. 자매는 곰의 털을 잡아당기고, 곰의 등을 발로 밟고, 곰을 굴리고, 개암나무 회초리로 곰을 때리기도 했다. 곰이 으르렁거리면 자매는 그냥 깔깔대고 웃기만 했다. 곰은 모든 것을 기분 좋게 받아들였다. 다만 자매가 너무 거칠게 대할 때면 곰은 이렇게 소리쳤다.

"얘들아, 제발 날 좀 살려 줘.
하얀 눈아, 빨간 장미야,
너희의 구혼자를 때려죽일 셈이야?"

·42·

요린데와 요링겔

옛날 옛적, 깊고 울창한 숲 한가운데에 있는 낡은 성에 늙은 여자가 혼자 살고 있었다. 그 노파는 낮 동안에 고양이나 올빼미로 변해 있다가 밤이면 본래대로 사람의 모습으로 돌아오고는 했다. 사냥감과 새들을 꾀는 재주가 있던 노파는 그 재주로 사냥감과 새들을 잡아서 구워 먹었다. 만약 어떤 사내가 자신의 성에서 백 보 거리 안으로 들어오면, 그 사내에게 주문을 걸어 그 자리에서 꼼짝달싹도 못하게 만들었다. 만약 순결한 아가씨가 자신이 마법을 걸 수 있는 거리 안으로 들어오면, 노파는 그 아가씨를 새로 변하게 만들어 잔가지로 엮은 광주리에 담았다. 노파에게는 이런 종류의 진귀한 새들이 담긴 광주리가 7천 개도 넘게 있었다.

노래하며 폴짝폴짝 뛰는 종달새

"그 새가 당신 것인 줄 몰랐소. 폐를 끼친 데 대한 보상으로 금을 한가득 드릴 테니 제발 목숨만은 살려 주시오." 사내가 말했다.

"그럴 수는 없소. 당신이 집에 돌아갔을 때 만나는 첫 번째 것을 내게 준다고 약속한다면 또 모를까. 당신이 내 제안을 받아들인다면, 당신의 목숨도 살려 주고 당신의 딸을 위해 그 새도 당신에게 주겠소." 사자가 말했다.

자신이 집으로 돌아갈 때면 늘 막내딸이 자기를 맞이하러 달려오고는 하기 때문에 사내는 처음에는 사자의 제안을 거절했다. 하지만 사자가 너무나 무서웠던 그의 하인이 나서서 말했다.

"나리, 집에 갔을 때 나리를 맞이하러 맨 처음 달려오는 것이 꼭 따님이 아닐 수도 있잖아요. 고양이나 개일 수도 있는걸요." 그리하여 하인의 말에 설득당한 사내는 노래하며 폴짝폴짝 뛰는 종달새를 받아 들고 집으로 갔다.

·44·
여섯 사내는 어떻게
세상에서 성공하게 되었나

"두고 봐! 적당한 사람들을 찾아내 왕이 왕국의 보물을 모두 다 내게 넘기도록 만들고야 말 테니까." 병사는 혼자 다짐하고는 길을 나섰다.

숲속에서 그는 나무 여섯 그루를 마치 밀 잎처럼 갈기갈기 찢는 사내를 발견했다. 언덕에서는 3킬로미터 넘게 떨어져 있는 파리의 왼쪽 눈을 정확히 맞힐 수 있는 사냥꾼을 발견했다. 나무에서는 한쪽 콧바람으로 일곱 개의 풍차를 돌릴 수 있는 사내를 발견했다. 들판에서는 어떤 새보다 빨리 달릴 수 있는 외다리 사내를 만났다. 골짜기에서는 주위의 모든 것을 얼릴 수 있는 마법 모자를 쓰고 있는 사내를 만났다.

"오, 나와 함께 갑시다. 우리 여섯이 함께 뭉치면, 우린 분명 세상에서 성공할 거요!" 병사가 말했다.

· 45 ·
거위 치는 소녀

거위 치는 소년은 늙은 왕에게 자기가 본 모든 것을 말했다.

"아침에 저와 거위 치는 소녀가 함께 거위를 몰고 컴컴한 통로를 지날 때면, 그녀는 벽에 못질되어 머리만 걸려 있는 말에게 늘 '오, 불쌍한 팔라다, 여기 매달려 있구나'라며 말을 걸고는 합니다. 그러면 머리만 남은 그 말은 그녀에게 이렇게 대답하곤 하지요.

'공주님, 거기 계신 분이 정말로 공주님 맞으신가요?
아, 공주님 어머니께서 아신다면
마음이 갈기갈기 찢어지실 거예요!'

· 46 ·
곰 가죽

맏딸은 그를 보자마자 겁을 잔뜩 먹고는 비명을 지르며 달아났다. 둘째 딸은 그를 머리끝에서 발끝까지 뜯어보고는 이렇게 말했다. "어떻게 제가 더 이상 사람 같아 보이지도 않는 사내와 결혼할 수 있겠어요? 차라리 훈련 받아 사람처럼 행동하는 털 깎은 곰과 결혼하겠어요. 적어도 그런 곰은 제복을 입고 흰 장갑은 낄 수 있잖아요."

하지만 막내딸은 이렇게 말했다. "아버지가 곤경에서 벗어나도록 도와준 것을 보면 이분은 좋은 사람임이 틀림없어요. 아버지가 그 보답으로 당신 딸을 그의 신부로 주겠다고 약속하셨다니 제가 기꺼이 이분의 신부가 되겠어요."

애석하게도 곰 가죽의 얼굴은 온통 먼지와 털로 뒤덮여 있었다. 그렇지 않았더라면 그곳에 있는 사람들은 그 말을 들은 그의 기분이 얼마나 좋았는지 알 수 있었을 텐데 말이다.

개똥지빠귀 수염 왕

    망신을 당한 공주는 가난한 자신의 처지가 부끄러운 나머지 문 밖으로 달아났지만, 계단에서 어떤 사내에게 붙잡혀 다시 돌아오게 되었다. 그 사내는 바로 '개똥지빠귀 수염 왕'이었다. 왕은 그녀에게 다정하게 말했다.

    "두려워 마오. 내가 바로 초라한 오두막에서 당신과 살았던 가난한 음유 시인이니. 당신을 사랑해서 그렇게 변장했던 것이라오. 그리고 시장에서 말을 타고 가다가 당신이 파는 항아리들을 건드려 박살낸 경기병도 바로 나였다오. 그 모든 일들은 당신의 거만한 마음가짐을 꺾고 당신이 내게 무례하게 군 데 대한 벌을 주기 위해 벌인 일이라오."

두 동행자

산과 골짜기는 결코 만나는 일이 없지만, 사람은 특히 착한 사람과 나쁜 사람은 만나는 일이 흔하다. 구두장이와 재단사가 여행 중에 우연히 만난 것도 바로 그런 경우였다. 재단사는 키는 작지만 잘생긴 친구로 늘 밝고 유쾌했다. 길의 맞은편에서 오고 있는 사내의 짐을 보고 그 사내가 구두장이임을 알아챈 재단사는 장난기 어린 짧막한 노래를 불렀다. 하지만 구두장이는 그 노래를 장난으로 받아들이지 않고 방금 막 식초를 삼킨 사람처럼 얼굴을 찌푸렸다. 그러고는 작은 재단사의 목덜미를 움켜잡을 것처럼 노려봤다.

고슴도치 한스

옛날 옛적에 돈이 무척 많은 농부가 있었다. 부자이기는 했지만 그는 완전히 행복하지는 않았다. 그와 아내 사이에 아이가 없었기 때문이었다. 마을에 갈 때면 다른 농부들이 종종 그를 놀리면서 왜 아이가 없냐고 묻고는 했다. 어느 날 결국 그는 화가 잔뜩 난 상태로 집으로 돌아와 외쳤다. "고슴도치라도 상관없으니까 내게도 아이가 있었으면 좋겠어!"

얼마 뒤, 농부의 아내는 상반신은 고슴도치이고 하반신은 사람인 아이를 낳았다. 아이를 보고 충격을 받은 그녀는 바락바락 소리를 질렀다. "그딴 소원을 빌다니 이게 다 당신 탓이에요!"

그러자 남편이 말했다. "우리가 어쩔 수 있는 일이 아니잖소. 그나저나 아이에게 세례를 해 주고 이름을 지어 줘야 할 텐데."

"생각나는 이름이라고는 '고슴도치 한스' 단 하나뿐이에요." 아내가 말했다.

·50·
작은 수의

"오, 엄마, 제발 눈물을 거두세요. 안 그러시면 제가 관 속에서 잠들 수가 없어요. 저의 작은 수의가 엄마가 흘린 눈물로 다 젖었어요."

· 51 ·

몰래 숨겨 놓은 동전

마룻장을 뜯어내자 아이가 살아 있을 때 가난한 사람에게 주라고 엄마가 줬던 동전 두 닢이 나왔다. 아이가 가난한 사람에게 주지 않고 자기 혼자 쓰려고 몰래 숨겨 뒀던 모양이었다. 하지만 무덤 속에서 편히 쉴 수가 없었던 아이는 매일 정오면 동전을 찾으려고 집으로 오고는 했던 것이다. 그래서 아이의 부모는 그 동전을 가난한 사람에게 주었고, 그 후로는 아이는 두 번 다시 나타나지 않았다.

노인과 손자

식탁에 앉았을 때 노인은 숟가락도 제대로 들지 못했고 종종 수프를 식탁보에도 흘리고 입에서도 뚝뚝 떨어뜨렸다. 노인의 아들과 며느리는 그 모습이 역겨워 결국 늙은 아버지를 강제로 난로 뒤의 구석에 앉히고 늘 똑같은 나무 그릇에 음식을 담아 줬다. 얼마 후, 네 살배기 어린 손자가 바닥에서 나무 조각들을 짜 맞추고 있는 모습을 보고는 아이의 아버지가 물었다.

"애야, 지금 뭐하니?"

그러자 아이가 대답했다.

"작은 여물통을 만드는 중이에요. 내가 어른이 되면 여기에 음식을 담아 엄마하고 아빠한테 드리려고요."

악마의 숯검댕이 동생

"무슨 일인데 그리 침울한가?" 악마가 물었다.

"배도 고프고 돈도 없어서요." 병사가 대답했다.

그러자 악마가 이렇게 말했다.

"내 하인으로 일한다면 남은 평생 풍족하게 먹고 살 돈을 벌게 해 주지. 하지만 그러려면 내 밑에서 7년을 일해야 해. 그런 다음은 자유의 몸이 되는 거지. 한 가지 당부해 둘 것이 있는데, 세수를 하거나 몸을 씻어서도, 빗질을 하거나 수염을 깎거나 손톱이나 머리카락을 잘라서도, 눈을 닦아서도 안 돼."

"그래야만 한다면 그래야죠. 어서 당장 시작하죠." 이렇게 말하며 병사는 악마를 따라 지옥으로 갔다.

·54·
당나귀 상추

길 잃은 사냥꾼은 좋아 보이는 상추 한 포기를 뽑아 잎을 몇 장 먹었다. 그런데 상추를 몇 번 씹어 먹자마자 이상한 기분이 들면서 몸이 완전히 변해 버리는 느낌이 났다. 발이 네 개가 되고, 목이 두꺼워지고, 귀가 길어졌는데, 경악스럽게도 그는 당나귀로 변해 있었다. 그럼에도 불구하고 여전히 배가 무척 고팠던 그는 상추를 계속 먹었다. 결국 그 상추를 다 먹어 치운 뒤 다른 종류의 상추를 뽑아 잎을 몇 장 삼키자, 또다시 이상한 기분이 들면서 사람의 모습으로 되돌아왔다.

· 55 ·
커다란 순무

　농부는 그 순무를 어떻게 처리해야 할지도 알 수 없었고, 그 순무가 자신에게 행운을 가져다줄지 불행을 가져다줄지도 알 수 없었다. 마침내 그는 이렇게 생각했다.

　'그 순무를 판다 해도 그만큼 가치 있는 물건을 얻지는 못할 거야. 또 그 순무를 먹는다면 작으나 크나 맛이야 똑같이 좋을 테니 그냥 작은 보통 순무를 먹는 편이 나을 거고. 그러니 그 순무를 왕에게 바치는 게 가장 좋겠어. 그러면 왕에게 선물로 경의를 표할 수도 있을 테고 말이야.'

외눈박이, 두눈박이, 세눈박이

어떤 여자에게 딸이 세 명 있었다. 맏딸은 이마 한가운데에 눈이 딱 하나 있었기 때문에 '외눈박이'라고 불렸다. 둘째딸은 다른 보통 사람들처럼 눈이 둘이었기 때문에 '두눈박이'라고 불렸다. 막내딸은 '세눈박이'라고 불렸는데, 왜 그렇게 불렸는지는 누구나 짐작할 수 있을 것이다.

두눈박이가 보통 사람들과 전혀 다르지 않게 생겼기 때문에 엄마와 자매들은 두눈박이라면 질색했다. 그들은 두눈박이에게 "두눈박이 너는 보통 사람들과 다름없구나. 넌 아무래도 우리 식구가 아닌가 봐!"라고 타박하고는 했다. 그들은 두눈박이를 괴롭히고, 자기들이 실컷 입다가 다 해진 옷을 물려주고, 음식도 자기들끼리 먹고 남은 것만 주었다. 그들은 두눈박이를 슬프게 할 수 있을 때면 언제나 두눈박이를 최대한 슬프게 만들었다.

·57·

춤추는 열두 공주*

옛날 옛적, 어떤 왕에게 열두 명의 공주가 있었는데 공주들은 누가 더 아름답다고 말하기 어려울 만큼 저마다 모두 아름다웠다. 열두 공주는 각자의 침대가 나란히 놓인 커다란 방에서 함께 잤고, 밤에 공주들이 잠자리에 들면 왕은 공주들의 방문을 닫고 자물쇠로 걸어 잠갔다. 그런데 아침에 공주들의 방문을 열면 공주들의 신발이 춤을 춘 탓에 닳아 있고는 했지만 아무도 어떻게 그런 일이 계속 일어나는지는 알아내지 못했다. 마침내 왕은 자신의 딸들이 밤마다 어디에서 춤을 추다 오는지 알아내는 자에게는 그자가 누구든 공주 가운데 한 사람을 아내로 삼게 해 주고 결국에는 왕위도 물려주겠노라고 선포했다. 하지만 사흘 밤낮이 가도록 그 비밀을 알아내지 못한 자는 목숨을 잃을 것이라고도 말했다.

---

*원제 : 춤추느라 닳아 해진 신발

·58·
열두 명의 사냥꾼

공주는 사냥꾼 복장을 똑같이 열두 벌 만들 것을 지시한 다음, 자기 앞에 대령한 열한 명의 젊은 여인들에게 그 복장을 입게 하고 자기도 열두 번째 복장을 입었다. 그러고는 아버지에게 작별 인사를 한 뒤 열한 명의 젊은 여인들과 함께 말을 타고 길을 떠나 그녀가 정말 끔찍이 사랑했던 약혼자의 궁전으로 갔다. 사냥꾼으로 변장한 그녀는 이제 왕이 된 자신의 약혼자에게 혹시 사냥꾼들이 필요하지는 않은지, 그들 열두 명 전부를 고용해 줄 수는 없는지 물었다. 왕은 그녀를 보고도 누군지 알아보지 못했다. 하지만 사냥꾼들의 인상이 좋아 보여서 왕은 그러겠노라고 말하며 기꺼이 그들을 고용했다. 그리하여 그들 열두 명은 왕의 사냥꾼이 되었다.

·59·
무쇠 한스

사냥개가 연못으로 다가가자, 기다란 맨팔 하나가 물속에서 쑥 나오더니 사냥개를 움켜잡아 연못 속으로 끌고 들어갔다. 사냥꾼이 그 광경을 보고는 성으로 돌아가 양동이를 챙겨 사람 셋을 데리고 연못으로 다시 돌아와 연못의 물을 퍼냈다. 연못의 바닥이 드러나자 사나워 보이는 야만인 하나가 바닥에 있는 것이 보였다. 그의 몸은 녹슨 무쇠처럼 적갈색이었고 얼굴을 덮은 그의 머리카락은 무릎까지 내려와 있었다. 그들이 야만인을 밧줄로 묶어 성으로 끌고 오자, 성의 모든 사람들이 야만인을 보고 깜짝 놀랐다. 왕은 야만인을 쇠로 된 우리에 가두고는 누구도 절대 문을 열어 줘서는 안 된다고 엄명을 내리며 만약 자신의 명령을 어길 시에는 죽음을 면치 못할 것이라고 선언했다. 그러면서 왕비에게 그 우리의 열쇠를 주며 잘 보관하라고 했다.

홀레 할머니

마침내 소녀는 어느 작은 오두막 앞에 이르렀는데 어떤 할머니가 그 오두막 안에서 창밖을 내다보고 있었다. 할머니의 치아가 어찌나 큼지막하던지 소녀는 겁이 덜컥 나서 달아나고 싶었다. 하지만 할머니는 소녀를 소리쳐 불렀다.

"얘야, 뭐가 그리 무서운 게니? 나와 함께 지내자꾸나. 네가 온갖 집안일을 제대로 해 주기만 하면 모든 일이 네 뜻대로 잘 풀릴 거야. 그저 내 잠자리를 꼼꼼하게 잘 정돈해 주고 이불을 잘 털어서 깃털만 날리게 하면 돼. 그러면 지상에는 눈이 온단다. 내가 바로 홀레 할머니*니까 말이야."

---

*게르만 신화에 나오는 여신으로 그녀가 이불을 털면 세상에 눈이 온다고 알려져 있다.

샘물가에서 거위 치는 소녀

젊은 백작은 걸어서 한 시간 정도 거리라는 노파의 말에 괜히 도와준다고 나섰나 하는 회의감이 약간 들기 시작했다. 하지만 노파는 백작이 도와주겠다는 자신의 제안을 저버리도록 놔두지 않았다. 노파는 얼른 백작의 등에 자루를 올려 주고, 백작의 손에는 양동이 두 개를 쥐여 주었다.

"거봐, 별 거 아니지." 노파가 말했다.

"아뇨, 전혀 가볍지 않은걸요." 백작은 얼굴을 찡그리며 대꾸했다. "짐이 정말 무겁네요. 등에 짊어진 자루에는 벽돌만 잔뜩 들어 있는 것 같고, 손에 든 양동이들은 납덩이로 만든 것 같아요. 숨도 제대로 못 쉬겠어요!" 그가 금방이라도 짐을 내려놓을 것 같아 보이자 노파는 그러지 못하게 막았다.

"이봐!" 노파가 조롱하듯 외쳤다. "나 같은 늙은 할멈도 곧잘 운반하는 짐을 자네 같은 팔팔한 청년이 못 나르겠다고? 어서 가자고. 자네 등에서 그 짐을 내려줄 사람은 아무도 없으니까 말이야."

지멜리 산

보석들을 듬뿍 챙긴 그는 이제 그만 동굴을 떠나려 했지만, 마음도 정신도 온통 보물에 빼앗긴 바람에 그 산의 이름을 잊어버리고 "지멜리 산아, 지멜리 산아, 열려라!" 하고 외쳤다. 하지만 그것은 그 산의 이름이 아니었기 때문에 산은 닫힌 채 꼼짝도 하지 않았다. 그러자 겁이 덜컥 난 그는 그 산의 이름을 기억해 내려고 더욱 애를 썼지만 그럴수록 그의 머릿속은 더욱 혼란스러워질 뿐이었고 그곳의 보물도 이제 그에게는 아무런 쓸모가 없는 물건이 되었다.

게으름뱅이 하인츠

뚱보 트리나도 남편 못지않게 게을렀다. 어느 날, 그녀가 남편에게 말했다.

"여보, 하인츠, 그럴 필요도 없는데 왜 우리가 이토록 처량하게 살면서 가장 좋은 젊은 시절을 망쳐야 하죠? 우리의 염소 두 마리를 벌통과 맞바꾸는 게 더 낫지 않을까요? 염소들은 아침마다 시끄럽게 울어 대서 우리의 단잠을 방해하기만 하잖아요. 게다가 벌들은 우리가 돌보거나 풀밭으로 데리고 나갈 필요도 없고 말이에요. 벌들은 자기 혼자 날아갔다가 집으로 다시 잘 찾아오기도 하고요. 더군다나 꿀도 자기들끼리 알아서 모으니까 우리가 힘쓸 일이 아무것도 없잖아요."

·64·
새하얀 새

마침내 그녀는 금지된 방 앞에 이르렀다. 그녀는 그 방 앞을 그냥 지나
치려고 했지만 호기심에 굴복당하고 말았다. 그녀가 열쇠 구멍에 열쇠를
꽂고 살짝 돌리자 방문이 활짝 열렸다. 과연 그 방에 들어간 그녀는 무엇
을 보았을까? 방 한가운데에는 커다란 피투성이 대야가 하나 있었는데
그 대야는 토막 난 시체들로 가득 차 있었다. 그 대야 옆에 있는 나무판
에는 번쩍이는 도끼가 하나 놓여 있었다.

·65·

힘센 한스

　납치되어 온 여인은 마지못해 산적들을 위해 온갖 집안일을 다 하며 그들과 함께 여러 해를 동굴에서 지냈다. 하지만 그러는 가운데서도 자신이 아는 최선의 방법으로 아이를 길렀다. 한스는 자라면서 덩치도 커지고 힘도 세졌다. 어머니는 한스에게 여러 이야기를 들려주고, 동굴에서 발견한 기사들에 관한 옛날 책으로 글도 가르쳤다. 아홉 살이 된 한스는 전나무 가지로 견고한 곤봉을 만들어 침대 뒤에 숨겼다. 그러고는 어머니에게로 가서 말했다.

　"어머니, 이제 제 아버지가 누구신지 확실히 말씀해 주세요. 꼭 알아야겠어요."

·66·

대장장이와 악마

　대장장이는 악마에게 말했다.

　"먼저 당신이 정말 악마가 맞는지 확인하고 싶어요. 그러니 당신이 전나무만큼 커다랗게 변신할 수도 있고 생쥐만큼 작게 변신할 수도 있다는 것을 제게 다시 보여 주세요."

　악마는 준비를 한 다음 자신의 재주를 선보였다. 하지만 악마가 생쥐로 변신하자마자 대장장이는 생쥐를 붙잡아 자루에 집어넣었다. 그러고는 바로 옆의 나무에서 나뭇가지를 하나 꺾은 다음 자루를 바닥에 던지더니 나뭇가지로 자루에 든 악마를 두들겨 패기 시작했다. 악마는 불쌍하게도 비명을 지르며 이리저리 뛰었지만 달아날 수 없었다. 마침내 대장장이가 말했다. "당신의 명부에서 내가 서명한 쪽을 떼 준다면, 당신을 풀어 드리죠."

·67·

푸른 등잔

난쟁이는 병사의 손을 잡고 지하 통로를 지나 우물 밖으로 데리고 나갔다. 지하 통로를 지나던 길에 난쟁이는 병사에게 마녀가 모아서 숨겨 놓은 보물들을 보여 주었고, 병사는 들고 나올 수 있는 만큼 금을 챙겨 나왔다. 다시 땅 위로 올라온 병사는 난쟁이에게 말했다.

"이제 가서 늙은 마녀를 꽁꽁 묶어 법원으로 데려가도록 하라."

얼마 지나지 않아 마녀가 뭔가의 등에 태워진 채 바람처럼 빠르게 그의 앞을 휙 스쳐 지나갔다. 마녀는 살쾡이의 등에 묶인 채 끔찍한 비명을 질러 대고 있었다. 그 뒤 곧바로 난쟁이가 혼자 돌아와 말했다.

"분부대로 다 처리했습니다. 지금쯤 마녀는 교수형에 처해지고 있을 겁니다. 더 시키실 일이 없으십니까, 주인님?"

연못 속의 물의 요정

사냥꾼은 자신이 위험한 물방아용 연못에 가까이 와 있다는 사실을 알아 차리지 못했다. 그는 사슴의 껍질을 벗기고 내장을 꺼낸 다음, 피투성이인 손을 씻으러 연못가로 갔다. 그가 연못의 물속에 손을 살짝 담그자마자 물 의 요정이 불쑥 올라오더니 깔깔대며 흠뻑 젖은 팔로 그를 껴안았다. 그런 뒤 그를 물속으로 어찌나 잽싸게 끌고 들어갔는지 연못 위에는 물결이 철 썩거리는 소리만이 들릴 뿐이었다.

·69·
개와 참새

격노해서 분별력을 잃고 날뛰던 마부는 마침내 손으로 참새를 잡았다.

"여보, 내가 죽일까요?" 아내가 물었다.

"안 돼!" 남편이 고함쳤다. "그건 너무나도 자비로워. 이놈은 내 포도주를 다 흘리게 만들고, 내 말들의 눈을 멀게 하고, 우리 집의 밀을 먹어 치우고, 우리 집을 망가뜨렸어. 난 이놈을 잔인하게 죽일 거야. 내가 이놈을 삼켜 버려야겠어."

그러고는 그는 참새를 입에 넣어 통째로 삼켰다. 하지만 참새는 그의 몸속에서 날갯짓하기 시작해 퍼드덕거리며 그의 입속까지 다시 올라왔다. 일단 거기까지 올라온 뒤 참새는 그의 입 밖으로 머리를 내밀고 거듭 외쳤다.

"마부 녀석아, 네 놈은 나의 형제와도 같은 개를 치여 죽였어! 이제 네 놈은 네 목숨으로 그 대가를 치르게 될 거야!"

·70·
여우 부인의 결혼식

옛날에 꼬리가 아홉 개 달린 늙은 여우 남편이 있었다. 자신의 아내가 정숙하지 못하다고 여겼던 여우 남편은 아내를 시험해 보고 싶었다. 그래서 그는 긴 의자 밑에 몸을 쭉 뻗고 누워 전혀 꼼짝도 않고 완전히 죽은 척했다.

·71·
대도가 된 아들

"아, 아버지." 아들이 대답했다. "그 어린 나무는 지지대에 묶이지 않아서 비뚤어지게 자랐지요. 이제 그 나무는 다 커 버린 탓에 절대 다시는 곧게 펴질 수가 없어요. 어떻게 제가 이토록 부유한 신사가 되어 아버지 앞에 나타났냐고요? 제가 도둑이 되었거든요. 하지만 놀라지는 마세요. 저는 대도가 되었어요. 제 앞에서는 자물쇠도 빗장도 아무런 쓸모가 없어요. 저는 제가 원하는 것은 뭐든 제 것으로 만들어요. 그래도 저를 흔하디흔한 도둑으로 생각하지는 마셨으면 해요. 저는 자신이 필요로 하는 그 이상을 가진 부자들한테서만 물건을 훔쳐서 가난한 사람들에게 나눠 주는 것을 좋아하니까요. 그래서 손에 넣기 위해 노력과 잔꾀와 기술이 요구되지 않는 물건은 하나도 건드리지 않죠."

도둑과 그의 스승

하녀가 말의 굴레를 벗기자, 말로 변신해 있던 제자는 참새로 모습을 바꿔 문 밖으로 날아갔다. 이를 본 스승도 참새로 변신해 그를 뒤쫓아 날아갔다. 그들은 맞붙어 공중에서 싸움을 벌였고, 싸움에서 진 스승이 물속으로 떨어져 물고기로 변신했다. 소년도 물고기로 변신해 그들은 또다시 싸움을 벌였다. 이번에도 또다시 스승이 져서 수탉으로 변신했다. 그러자 소년은 여우로 변신해 스승의 머리를 물어뜯어 잘라내 버렸다. 그리하여 스승은 오늘날까지도 여전히 죽은 상태 그대로이다.

생명의 물

"아, 물론 생명의 물을 구해 온 사람은 너지." 못된 두 형이 말했다. "그러느라 온갖 고생은 네가 다 치렀지만 보상을 받는 사람은 우리야. 그러게 더 똑똑하게 굴고 눈을 부릅뜨고 경계를 늦추지 말았어야지. 네가 배에서 잠들었을 때 우리가 생명의 물을 네게서 슬쩍해 바꿔치기한 거야. 그리고 1년만 있으면 우리 둘 가운데 한 사람이 그 아름답다는 공주를 데려올 거야. 그러니 넌 우리 앞에 모습을 드러내지 않는 게 좋을 거야. 어쨌든 아버지는 너를 믿지 않으실 테니, 네가 이 일에 대해 한 마디라도 발설했다간 네 목숨은 그 길로 끝장나 버릴걸. 입 닥치고 가만히 있으면 우리가 널 살려는 줄게."

달

네 조각났던 달이 늘 어둠이 지배해 왔던 지하세계에서 다시 모여 하나가 되자, 죽은 사람들이 가만히 있지 못하고 잠에서 깼다. 잠에서 깬 그들은 자신들이 다시 볼 수 있다는 사실을 알고 깜짝 놀랐다. 약해진 그들의 눈에 달빛은 햇빛만큼이나 밝았다. 그들은 일어나서 들뜬 기분으로 예전에 살면서 했던 일들을 다시 했다. 어떤 사람들은 놀거나 춤추기 시작했고, 또 어떤 사람들은 술집으로 가서 술을 시켜 먹고 취해서 소란을 피우고 다툼을 벌였다. 지하세계의 소음은 점점 더 커져 마침내 머나먼 하늘나라에까지 이르게 되었다.

·75·
엄지둥이

"아이가 없어서 얼마나 슬픈지 몰라! 우리 집은 너무나 적막해. 다른 집들은 시끌벅적하고 활기가 넘치는데."

가난한 농부가 말하자 아내가 한숨을 쉬며 대답했다.

"맞아요. 아이가 하나만이라도 있으면 얼마나 좋을까요. 내 엄지손가락만큼 작은 아이라도 말이에요. 그럼 정말 더 바랄 게 없을 텐데. 우리는 분명 그 아이를 온 마음을 다해 사랑할 텐데 말이죠."

그런데 아내가 병이 들어 시름시름 앓더니 일곱 달 뒤에 아이를 낳았다. 그 아이는 크기가 엄지손가락만한 것만 빼면 모든 면에서 아주 완벽했다. 부부는 이렇게 말했다.

"꼭 우리가 바라던 대로예요. 우리에게 정말 소중한 아이가 태어났어요."

이 조각들이 우리의 상상 속에서
환히 빛나길 바라며

손 탠

많은 아이들과 마찬가지로 나 또한 〈그림 동화〉를 디즈니 만화 영화는 물론이고, 우리 가족이 즐겨 찾던 마을 도서관의 공들인 삽화가 들어간 수많은 그림책들을 통해 시각적 이미지로 처음 접했다. 사실 내가 어린 시절 자랐던 호주 서부의 반건조 해안 평야보다 더 이국적일 수는 없었을 테지만, 왠지 모르게 어린 나의 눈에는 만화 영화나 그림책 속의 푸른 숲과 눈, 그리고 산과 성이 나오는 장면들은 정말 놀랍도록 이국적이었다. 특히 원작의 불쾌한 부분을 제거하고 아름답게 꾸민 만화 영화와 그림책으로 접하다 보니, 〈그림 동화〉는 내게 있어 어둡기보다 밝은 현실 도피적인 환상 세계를 상징했다.

나는 어른이 되고서야 〈그림 동화〉의 복잡성과 모호성, 그리고 지속성에 대해 인식하게 되었다. 작가이자 예술가로서 나는 종종 과연 내가 쓴 이야기들도 강한 지속성을 지니고 오래도록 살아남게 될 것인지 궁금해져서, 위스턴 휴 오든*의 표현을 빌자면 '죽은 자들과 식사를 하며' 영감과 지식을 얻기 위해 옛 이야기들을 살펴보는 경우가 잦다. 계속 기억되고 다시 쓰이는 성공적인 동화들은 비이성적인 면과 논리적인 면이 대단히 기묘하게 섞인 가운데서도 모두 더할 나위 없이 간결하다(마치 이야기를 더 복잡하고 정교하게 만들었다가는 잠자는 이성이 마법에서 깨어 제정신으로 돌아오기라도 할 것처럼 말이다). 그리고 그림 형제가 수집한 모든 이야기들은 깨어 있는 세계와 꿈속 같은 세계 사이의 간극이 무척 얇아서 그 두 세계가 서로 아주 자연스레 어우러지는 느낌이 강하게 든다. 어쩌면 시대를 초월한 모든 이야기와 신화는 이런 종류의 대조적인 두 세계가 조성하는 긴장감을 통해 반향을 불러일으키는 것인지도 모른다. 실재하는 것과 실재하지 않는

---

*영국 태생의 미국 시인

것, 있을 법한 것과 있을 법하지 않은 것, 그럴듯한 것과 터무니없는 것 사이에 아슬아슬하게 걸친 이름 없는 왕자와 농부, 의붓자매, 마녀의 이야기들은 끊임없이 계속 흥미를 자아내는데, 이런 이야기들이 대부분 다소 충격적이고 설명하기 어렵기 때문에 특히 그러하다.

최고의 민속 예술에서도 마찬가지로, 이 책에 실린 작품들을 창작할 때 나는 (캐나다와 멕시코를 각각 여행한 후에) 이뉴잇 족의 석조 조각과 콜럼버스가 아메리카 대륙을 발견하기 이전 시대의 토우에 많은 영감을 받았다. 이 석조 조각과 토우들을 보면 기발함과 진지함이 아주 멋지게 섞여 있었고, 가볍지만 매혹적인 구상들을 땅에서 얻은 재료들(전혀 돌과 점토처럼은 보이지 않는 돌과 점토)로 신중하게 결합하여 구현시켜 놓고 있었다. 그 결과물은 수많은 '이야기들'로 닳고 닳아 대개 손에 꼭 맞는 편안한 형태가 된 일종의 화석화된 작품 같았고, 나는 대부분 오렌지의 크기와 무게 정도인 나의 조각품들을 그런 특별한 작품처럼 만들어 내고자 했다.

내가 사용한 주재료는 종이 반죽과 공기 건조 점토로, 이것들로 모양을 빚은 다음 아크릴 물감이나 산화된 금속 분말, 밀랍, 구두약 등으로 칠했다. 특히 내구성이 뛰어난 소규모 점토는 단순함을 표현하기에 좋은데, 주요 작업 도구가 손재주 없는 무딘 손일 때는 더욱 그러하다. 이야기 속 등장인물들이 대체로 평면적이고 상투적인 인물들이므로 이에 맞춰 얼굴과 몸짓도 단순화해 표현했다. 또한 어떤 사물을 표현할 때는 그 모습을 세세히 그대로 살리기 보다는 특징을 살려서 표현하는 것을 더 중요하게 생각했다. 예를 들면 여우는 빨간 삼각형 모양의 얼굴로만, 잠자는 사람은 몸 없이 얼굴만으로, 여왕의 얼굴은 질투심 같은 단 하나의 본질적인 감정에 휩쓸려 무너져 내린 모습으로 표현했다. 그런데 무엇보다 중요한 것은 이야기의 단단한 뼈대이다. 그래서 나는 이야기 자체에 집중할 수 있도록, 이 조각품들이 상상 속에서 고고학자에게 발굴된 뒤, 박물관에 놓여 희미한 조명에 비춰지고 있는 전시물처럼 보이기를 바랐다. 마치 우리의 집단 잠재의식 속의 캄캄한 전시실에 놓인 기묘한 작품들 위로 조명이 순간적으로 스쳐 지나가듯이 말이다. 〈그림 동화〉처럼 이 조각품들도 조각품 본래의 수수께끼 같은 면을 잘 간직한 채 우리의 상상 속에서 환하게 빛날지도 모른다.

〈그림 동화〉 더 읽어 보기

이 책에 발췌된 이야기의 전체 내용이 궁금할 독자들을 위해 각 이야기의 줄거리를 요약해서 소개한다. 이야기 전체를 읽는 것에 비할 수는 없겠지만 조금이나마 도움이 되기를 바란다.

1. 개구리 왕자

공주가 가장 좋아하는 황금 공을 깊은 우물에 빠뜨렸을 때, 개구리는 공주에게서 사랑과 우정을 대가로 받기로 약속 받고 공을 찾아준다. 그 뒤 공주는 약속을 깨고 싶어 하지만 엄격한 공주의 아버지는 공주에게 약속을 지킬 것을 강요한다. 하지만 공주는 개구리가 너무나도 끔찍한 나머지 결국 개구리를 벽에다 내동댕이치는데, 그렇게 하자 마법이 풀리며 개구리는 잘생긴 젊은 왕자로 변한다.

2. 고양이와 쥐의 교우

고양이와 쥐는 한집에서 같이 살기로 하고 겨울을 나기 위해 비계 단지를 하나 산다. 가까운 교회에 비계 단지를 숨겨 놓은 뒤, 고양이는 쥐에게 여러 차례 새끼 고양이의 세례식에 가야 한다고 둘러대고는 그때마다 몰래 비계를 조금씩 먹고 온다. 마침내 텅 빈 단지를 발견하게 된 쥐가 그들의 우정을 배반했다고 고양이를 비난하자, 그것이 세상의 이치이므로 고양이는 쥐를 게걸스레 먹어 치워 버린다.

3. 헨젤과 그레텔

나라에 대기근이 닥쳐 빈곤에 시달리던 부모가 자신들을 숲속에 버리는 바람에 헨젤과 그레텔 남매는 길을 잃고 헤매다 빵과 케이크, 설탕으로 만들어진 집을 발견하게 된다. 하지만 그 집이 아이들을 잡아서 요리해 먹는 사악한 마녀의 집인 줄은 전혀 알아채지 못한다. 남매는 마녀에게 붙잡히지만 기지를 발휘해 마녀 스스로 화덕에 들어가 불에 타 죽게 한 뒤 탈출하여 아버지와 재회한다.

4. 빨간 모자

순진한 소녀가 포도주와 케이크를 병든 할머니에게 가져다주러 가는 길에 교활한 늑대를 만나 자신의 심부름에 대한 이야기를 늑대에게 모두 들려준다. 할머니 집에 도착하자마자 소녀는 평소와 다른 이상한 할머니의 모습에 의문을 품는데, 바로 그 순간 할머니로 변장한 늑대가 침대에서 벌떡 일어나 소녀를 먹어 버린다. 그곳을 지나가던 사냥꾼이 무슨 일이 벌어졌는지 알아채고는 늑대의 배를 갈라 소녀와 할머니를 꺼내 주고, 무사히 살아난 두 사람은 이 시련을 통해 한층 현명해진다.

5. 소름을 찾아 집을 나선 소년

아무것도 배우지 못한 어떤 소년이 소름 끼친다는 것이 무엇인지 이해할 수 없었기 때문에 소름 끼치는 법을 배우기 위해 길을 나선다. 순박하고 두려움이라고는 전혀 몰랐던 덕분에 소년은 여러 끔찍한 일을 겪고도 살아남아 공주에게서 결혼 승낙을 받아내기에 이른다. 하지만 새 신부가 침대에 누워 있는 그에게 물고기가 든 양동이를 집어 던졌을 때 마침내 그는 소름 끼치는 것이 무엇인지를 알게 된다.

6. 충신 요하네스

신하 요하네스는 자신의 왕이 죽어가면서 남긴, 절대로 왕자가 아름다운 외국 공주의 초상화를 보지 못하게 해 달라는 부탁을 꼭 지키겠다고 왕에게 약속한다. 하지만 왕위를 물려받은 젊은 왕은 공주의 초상화를 보게 되고, 공주에게 첫눈에 홀딱 반해 버린다. 그러자 충신 요하네스는 자신의 새로운 주인이 공주의 마음을 얻는 것을 돕고 그에게 재앙이 닥치는 것을 막기 위해 헌신한다. 하지만 젊은 왕은 요하네스의 충성심을 의심하게 되고, 그로 인해 결국 요하네스는 돌로 변해 버리고 만다. 왕은 자신의 아이들을 희생시켜 요하네스를 겨우 되살리고, 요하네스는 그에 대한 보답으로 왕의 아이들을 되살아나게 한다.

7. 열두 오빠

아들만 열둘이 있는 왕이 앞으로 태어날 자신의 열셋째 아이가 여자아이라면 그 아이가 왕국을 물려받을 수 있도록 열두 아들을 모두 처형하기로 결심한다. 앞으로 닥칠 일이 두려웠던 왕비의 당부로 아들들은 여동생이 태어나자 숲속으로 들어가 아주 모습을 감춘다. 여러 해가 지난 뒤, 어린 공주는 가족의 어두운 비밀을 알게 되고 오빠들을 찾아 나선다. 일단 공주는 오빠들을 찾아내기는 하지만 무심코 저지른 실수 때문에 그들을 까마귀로 변하게 만들어 버리고, 다시 사람의 모습으로 되돌리려면 공주는 7년 동안 말을 하지 않고 살아야만 한다. 나중에 오빠들 또한 부당한 벌로 죽을 위기에 처한 여동생을 구해 낸다.

8. 하얀 뱀

호기심 많은 시종이 왕의 비밀 요리인 '신비로운 하얀 뱀'을 몰래 맛보고는 갑자기 동물의 말을 알아들을 수 있게 된다. 그는 여행길에 올라 여행 도중에 만난 위기에 처한 동물들을 여러 마리 구해 준다. 나중에 동물들은 자신들의 인간 친구가 공주의 사랑을 얻기 위해 치러야 하는 세 가지 어려운 과제를 완수하는 것을 도움으로써(물고기들은 잃어버린 반지를 되찾아 주고, 개미들은 수수를 모아 주고, 까마귀들은 생명의 나무에서 황금 사과를 갖다 줌으로써) 저마다 은혜를 갚는다.

9. 어린 남매

어머니를 여읜 남매가 마녀인 계모에게 끊임없이 학대를 당한다. 남매는 달아나기로 결정하고 숲속으로 떠난다. 숲속에서 오빠는 마법에 걸린 샘물을 마시고 사슴으로 변해 버린다. 하지만 여동생은 왕과 결혼한 뒤에도 사슴이 된 오빠를 버리지 않으려 하고, 남매의 강한 우애 덕분에 질투에 눈이 멀어 그들을 쫓는 마녀의 손길에서 살아남는다. 살인으로도 남매 사이의 결속은 끊어낼 수 없고 결국 정의가 승리한다. 마녀는 화형당하고 오빠는 다시 사람의 모습으로 돌아온다.

10. 라푼첼

불운한 한 부부가 여자 마법사의 뜰에서 양상추 라푼첼을 훔치는 바람에 마법사에게 아이를 뺏기게된다. 마법사가 키운 그 아이는 '라푼첼'이라는 이름의 아리따운 아가씨로 자라고, 마법사는 라푼첼을 지키기 위해 문 없는 탑에 가둔다. 오직 마법사만이 라푼첼에게 접근할 수 있는데, 길게 늘어뜨린 금발 머리를 내려 달라고 외친 다음 그 머리채를 잡고 하나뿐인 창으로 기어 올라가는 식이다. 어떤 왕자가 우연히 그곳을 지나가다가 이 비밀을 알게 되고, 탑을 기어 올라가 라푼첼과 한눈에 사랑에 빠진다.

그러다 라푼첼이 왕자의 아이를 임신한 사실을 마법사에게 들키게 되자, 마법사는 사랑하는 두 사람을 무자비하게 벌주고 떼어 놓는다. 두 사람은 외롭고 비참하게 여러 해를 보낸 뒤 결국 재회한다.

11. 숲속의 세 꼬마 도깨비

다정하고 착한 소녀가 숲속에서 꼬마 도깨비 셋을 만난다. 소녀가 자신들을 돕자 도깨비들은 보답으로 소녀에게 주문을 걸어 소녀가 말을 할 때마다 입에서 금화가 튀어 나오게 만든다. 소녀의 못되고 탐욕스런 의붓언니도 그 도깨비들을 만나지만 의붓언니는 도깨비들을 돕는 것을 거부한 탓에 말을 할 때마다 입에서 금화 대신 두꺼비들이 튀어 나오게 된다. 마음씨 고운 소녀는 왕과 결혼하지만 시기하는 의붓언니와 계모에게 살해당한다. 왕이 왕비를 마법처럼 부활시켜 진실이 드러나게 되자 의붓언니와 계모는 처형된다.

12. 뱀이 물고 온 나뭇잎 세 장

어떤 병사가 늙은 왕의 아름다운 딸과의 결혼에 동의한다. 공주가 내건 결혼 조건은 부부 가운데 한 사람이 먼저 죽으면 다른 사람도 함께 묻혀야 한다는 것이었다. 그래서 결혼 후 젊은 공주가 병에 걸려 죽자 공주의 남편은 어쩔 수 없이 지하 묘지에 함께 묻힌다. 지하 묘지에서 공주의 남편은 뱀 한 마리가 마법의 나뭇잎 세 장으로 다른 죽은 뱀을 부활시키는 것을 목격하고, 그 역시 같은 방법으로 죽은 아내를 되살려 낸다. 그 뒤 배은망덕하게도 그의 아내는 배의 선장과 바람이 나서 배를 타고 항해하는 중에 선장과 함께 남편을 죽인다. 하지만 죽은 남편의 하인이 뱀의 나뭇잎을 이용해 주인을 되살려 내고, 둘은 함께 공주의 아버지인 늙은 왕에게로 가서 진실을 밝힌다. 그러자 왕은 배반을 한 공주와 공범을 바다에 빠뜨려 죽일 것을 명한다.

13. 어부와 아내

자신이 잡은 물고기가 마법에 걸린 왕자라고 주장하자 가난한 어부는 그 물고기를 풀어 준다. 그 사실이 못마땅한 어부의 아내는 남편에게 마법 물고기한테 다시 가서 자신들의 초라한 오두막을 근사한 집으로 바꿔 달라고 부탁할 것을 요구한다. 물고기가 그녀의 부탁을 들어준 뒤에도 어부의 아내는 계속 만족하지 못한 채 남편에게 물고기에게 가서 성을 달라고 부탁할 것을 요구하고, 그 뒤에는 왕이 되게 해 달라고, 또 그런 뒤에는 황제가 되게 해 달라고, 또 그 뒤에는 교황이 되게 해 달라고 부탁한다. 물고기가 매번 소원을 충실히 다 들어줘도 어부의 아내는 여전히 만족하지 못하고, 급기야 신처럼 되게 해 달라고 부탁하기에 이른다. 그러자 물고기는 그녀에게 줬던 모든 것을 앗아가 버리고 어부와 그의 아내는 다시 원래의 가난한 상태로 돌아간다.

14. 용감한 꼬마 재단사

한꺼번에 파리 일곱 마리를 때려잡은 뒤, 꼬마 재단사는 자부심이 넘쳐서 '한 방에 일곱!'을 해치운 자신의 위업을 알리며 세상을 돌아다닌다. 그러다 거인을 만나게 되고, 그 거인은 힘이 세다는 재단사의 주장이 맞는지 시험해 보는데 작지만 영리한 재단사의 기지에 되풀이해서 속아 넘어간다. 그의 명성이 퍼져 나가면서 재단사는 대담하게 다른 거인들을 속여 서로를 죽이게 만들고, 왕의 요청으로 야수를 생포해 공주를 아내로 맞이하고, 자신을 암살하려던 자들을 겁줘서 쫓아낸다. 그리고 이 모든 것은 기지를 발휘하는 것만으로 이뤄낸 일이다.

15. 신데렐라

어린 아가씨가 못된 계모와 두 의붓언니에게 괴롭힘을 당하고, 천한 하녀 취급을 받아 벽난로의 잿더미 속에서 누워 자며, 조롱하듯 '신데렐라'라는 이름으로 불린다. 계모가 왕궁 축제에 참가하지 못하게 막자, 신데렐라는 엄마의 무덤 위에 나타난 신비한 새가 건네준 아름다운 드레스와 구두로 변장을 한다. 신데렐라는 간신히 축제에 가게 되는데, 사흘 밤에 걸친 축제가 끝나면 왕자는 신부를 고를 예정이다. 왕자는 신데렐라를 만나자마자 그녀에게 반하지만 그녀의 진짜 정체는 미궁으로 남는다. 급기야 왕자는 그녀가 떨어뜨리고 간 황금 구두 한 짝의 주인을 찾아 나서는데, 의붓언니들은 자기 구두라고 거짓 주장을 하지만 결국 신데렐라의 발에 딱 맞아 구두의 진짜 주인이 밝혀진다. 마침내 신데렐라는 왕자와 결혼하고 의붓언니들은 복수심에 불타는 새들에게 눈을 쪼여 실명한다.

16. 수수께끼

여행길에 왕자와 충직한 시종이 숲속에 사는 마녀와 마주친다. 마녀는 왕자를 독살하려 하지만 왕자 대신 말이 죽는다. 죽은 말의 몸통을 파먹고 있는 까마귀를 본 시종은 그 까마귀를 잡아서 나중에 묵게 된 여관주인에게 자신과 왕자를 위해 요리해 달라고 부탁한다. 하지만 사악한 여관 주인은 까마귀를 요리해서 왕자와 시종에게 주지 않고 자신의 일당들과 나눠 먹는다. 살인강도들인 여관 주인 일당은 독이 퍼진 까마귀 고기를 먹고 모두 죽는다. 살아남은 왕자는 훗날 "아무도 죽이지 않았는데 열두 명이 죽었다"라는 독살된 까마귀에 대한 어려운 수수께끼를 공주에게 내 공주와 결혼한다.

17. 실 잣는 세 여자

한 어머니가 지나가는 왕비에게 자신의 게으른 딸이 물레질을 능수능란하게 잘한다고 거짓말을 한다. 깊은 인상을 받은 왕비는 그 처녀에게 방 안 그득한 아마로 실을 잣는다면 보답으로 아들과 결혼시켜 주겠노라고 말한다. 절대 해낼 수 없을 것만 같던 그 과제는 모습은 흉하지만 뛰어난 기술을 지닌 세 여자의 예상치 못한 등장으로 실현가능하게 된다. 세 여자가 게으른 처녀에게 결혼식에 자신들을 사촌 자격으로 초대하고 부끄러워하지 않는다면 도와주겠노라고 말한 것이다. 그리하여 실 잣는 세 여자는 결혼식에 하객으로 참석하게 되고 새신랑이 된 왕자에게 자신들이 오랜 세월에 걸쳐 실을 잣다 보니 그런 흉한 모습이 되었다고 말하는데, 이에 왕자는 새로 맞이한 신부에게 두 번 다시는 그 일을 하지 못하게 금한다.

18. 쥐와 새와 소시지

쥐와 새와 소시지는 각자 맡은 일을 책임지며 함께 조화롭게 살아간다. 새는 땔감을 구해 오고, 쥐는 물을 끓일 불을 피우고, 소시지는 매일 먹는 수프를 요리하고 양념한다. 어느 날, 그들이 사는 방식을 비판하는 다른 새의 말에 마음이 뒤숭숭해진 새가 서로 역할을 바꾸자고 제안한다. 그 결과는 그야말로 처참하다. 소시지는 땔감을 구하러 나갔다가 개에게 잡아먹히고, 쥐는 수프를 요리하다가 수프에 빠져 죽고, 새는 걷잡을 수 없는 불을 내고는 불을 끄려다가 그만 죽고 만다.

19. 들소 가죽 장화
군에서 제대한 주머니 사정이 좋지 않은 용감한 군인이 숲속에서 길 잃은 사냥꾼을 만나고 둘은 함께 길을 가게 된다. 몹시 배가 고팠던 나머지 그들은 가까운 집으로 가서 먹을 것이나 좀 얻어 볼까 하지만 그 집은 살인강도들의 소굴이다. 사냥꾼이 아주 경악하게도 군인은 일단 자기를 죽이기 전에 음식을 좀 먹게 해달라고 부탁하며 살인강도들의 식탁에 대담하게 앉고, 이에 깜짝 놀란 강도들은 그러라고 한다. 하지만 건배를 하면서 군인은 강도들에게 최면을 건 다음, 옛날의 군인 동료들을 불러 강도들을 감옥으로 끌고 가게 한다. 시내에 도착하자마자 곧바로 사냥꾼은 자신의 정체를 드러내는데 그는 바로 왕이다. 왕은 군인의 공적을 치하하며 군인에게 상을 내린다.

20. 브레멘 음악대
당나귀, 개, 고양이, 수탉, 이렇게 늙은 동물 넷이 학대받고 사육당하는 삶에서 도망쳐 마을 음악대 단원이 되고자 함께 길을 떠난다. 브레멘 마을로 향하는 길에 그들은 도둑들이 차지한 집을 발견하고는 하나씩 서로 위에 올라서서 창문에 대고 저마다의 소리로 목청껏 울부짖는다. 두려움과 미신에 압도당한 나머지 도둑들이 자신들의 은신처에서 달아나자 동물들은 그 집을 접수해 그 후로 영원히 그곳에서 편안하게 산다.

21. 노래하는 뼈
형제가 숲에서 위험한 멧돼지를 없애라는 왕의 도전에 응한다. 성실한 동생이 멧돼지를 죽이는 데 성공하지만 결국 질투심 많은 형에게 살해당하고 만다. 형은 자신의 범죄를 숨기고 멧돼지를 잡아온 데 대한 상으로 공주와 결혼한다. 여러 해가 지난 뒤 어떤 양치기가 죽은 동생의 뼈 한 조각을 발견해 그 뼈로 뿔피리를 만들어 불자, 뿔피리에서는 형의 배신에 얽힌 노래가 흘러나온다. 그 노래를 듣게 된 왕은 나머지 뼈를 수습해 교회 묘지에 안장시킬 것을 명하고, 살인을 저지른 형은 자루에 넣어져 꿰매진 다음 물에 던져져 익사한다.

22. 악마의 황금 머리카락 세 올
사악한 어떤 왕이 자신의 왕국을 물려받을 것이라고 예언된 불쌍한 청년을 죽이려 한다. 행운아로 알려진 이 청년이 우여곡절 끝에 왕의 딸과 결혼한 뒤, 왕은 청년에게 악마의 황금 머리카락 세 올을 뽑아올 것을 요구한다. 청년이 지옥으로 찾아가지만 악마는 집을 비우고 없다. 행운아인 청년은 악마 대신 악마의 할머니를 만나게 되는데, 악마의 할머니는 그를 가엾게 여겨 도와주겠다고 나선다. 악마의 할머니는 악마가 자신의 무릎을 베고 깜빡 잠이 들자 직접 악마의 머리카락을 뽑고는, 놀라서 잠을 깬 악마에게 말을 걸어 악마의 주의를 딴 데로 돌린다. 청년은 악마의 머리카락을 갖고 의기양양하게 돌아와 악마에게서 엿들은 비밀로 왕을 속여 왕국을 넘겨받게 된다.

23. 손 없는 처녀

방앗간 주인은 자신도 모르게 자신의 딸을 악마에게 주기로 약속한다. 하지만 방앗간 주인의 딸이 너무나도 신앙심이 깊어 꾀어낼 수 없자 악마는 방앗간 주인을 위협해 도끼로 딸의 손목을 자르게 한다. 그 후, 그 손 없는 처녀는 집을 떠나 수호천사가 동행하는 가운데 세상을 떠돈다. 어느 날 밤 왕이 자신의 정원에서 배를 먹는 처녀를 보게 되고, 둘은 사랑에 빠져 결혼한다. 얼마 지나지 않아 왕은 전쟁터로 떠나고 혼자 남은 젊은 왕비는 왕이 없는 동안 왕자를 낳는다. 한편, 악마가 돌아와 왕의 어머니를 속여 왕이 자신의 아내와 아들을 죽이고 싶어 한다고 믿게 한다. 왕의 어머니는 왕비와 아이를 죽이기를 거부하고 왕비와 아이를 황야에서 살라고 떠나보낸다. 나중에 전쟁터에서 돌아온 왕은 악마의 배신을 알게 되고, 여러 해에 걸쳐 찾아 헤맨 끝에 숲속에서 천사와 함께 살고 있는 아내와 아들을 찾는다. 진실이 밝혀지고 그들은 함께 기쁘게 집으로 돌아온다.

24. 새가 주운 아이

산림 관리인이 나무에서 어린아이를 발견해 집으로 데려와 '새가 주운 아이'라고 부르며 키운다. 산림 관리인의 딸인 레나는 그 아이를 무척 사랑한다. 그러던 어느 날, 레나는 자기 집의 늙은 요리사가 새가 주운 아이를 솥에 넣어 끓일 계획이란 것을 알게 되고는, 새가 주운 아이와 함께 몰래 달아난다. 요리사는 아이들을 잡아오라고 하인들을 보내지만 아이들은 마법을 써서 처음에는 꽃이 활짝 핀 장미나무로, 그다음에는 샹들리에가 달린 교회로 변신해 몸을 숨긴다. 요리사가 직접 아이들을 잡으러 왔을 때는 새가 주운 아이는 연못으로, 레나는 오리로 변신한다. 요리사가 물을 마시기 위해 연못 앞에서 몸을 숙이자 오리가 요리사의 머리를 물고 연못 속으로 잡아당겨 요리사는 물에 빠져 죽는다.

25. 늑대와 일곱 마리 아기 염소

엄마 염소가 집을 나서며 아기 염소 일곱 마리에게 늑대가 속임수를 써서 집에 들어오려 할지 모르니 조심하라고 당부한다. 아기 염소들은 처음 몇 번은 늑대의 속임수에 넘어가지 않지만, 결국에는 늑대의 완벽한 분장에 속아 문을 열어 주는 바람에 막내를 제외한 나머지 아기 염소들은 늑대에게 잡아먹힌다. 괘종시계 안에 숨어서 목숨을 건진 막내는 조금 뒤에 집에 돌아와 엉망진창이 된 집 안을 보고 놀라 제정신이 아닌 엄마 염소에게 무슨 일이 벌어졌는지 알려준다. 엄마 염소는 잠든 늑대를 찾아내 배를 갈라 아기 염소들을 구해 내고는 늑대의 빈 뱃속을 돌덩이들로 채운다. 잠에서 깬 늑대가 갈증을 풀려다가 우물 속으로 빠지자 염소들은 기쁨에 겨워 춤을 춘다.

26. 꼬마요정들

생활고에 시달리던 구두장이가 작업대 위에 올려놓았던 가죽 조각들이 밤사이 구두로 완벽하게 탈바꿈해 있자 깜짝 놀란다. 이런 일이 계속해서 일어나고 구두는 좋은 가격에 팔린다. 어찌 된 일인지 무척 궁금했던 구두장이와 그의 아내는 어느 날 밤 밤을 새며 몰래 지켜본 끝에 벌거벗은 귀여운 꼬마

요정 둘이 그 모든 일을 하는 광경을 목격하게 된다. 구두장이 부부가 감사의 선물로 작은 옷과 구두를 작업대 위에 올려놓자, 그 선물을 받은 꼬마요정들은 굉장히 기뻐하고는 춤을 추며 밖으로 나가 두 번 다시 나타나지 않는다.

27. 운 좋은 한스

7년 동안 주인을 섬긴 뒤, 한스는 자기 머리만큼이나 큰 황금 덩어리 하나를 품삯으로 받는다. 짊어지고 가다 보니 너무나도 무거웠던 탓에 한스는 그 황금 덩어리를 타고 갈 수 있는 말과 흔쾌히 바꾼다. 그 뒤 한스는 또 그 말을 우유를 얻을 수 있는 소와 바꾼다. 그런 뒤에도 매번 파렴치한 기회주의자들의 꾀에 속아 넘어가서 그 소를 돼지와 바꾸고, 돼지를 또 거위와 바꾸고, 거위를 또 맷돌과 바꾼다. 하지만 한스는 교환을 할 때마다 아주 기뻐하고 심지어는 맷돌을 잃어버렸을 때조차도 무거운 짐에서 벗어나 집까지 뛰어갈 수 있게 됐으니 엄청나게 운이 좋다고 생각한다.

28. 노름꾼 한스

노름으로 전 재산을 날린 한스의 집에 하느님과 성 베드로가 방문하고, 환대에 대한 보답으로 하느님은 한스에게 세 가지 소원을 들어주겠노라고 한다. 그래서 한스는 늘 승리를 안겨 주는 카드 한 묶음, 무조건 이길 수 있는 주사위 하나, 자신의 허락 없이는 절대 내려올 수 없는 과일이 주렁주렁 달린 나무 한 그루를 요구한다. 한스가 노름판에서 천하무적이 되어 세상의 절반을 차지할 지경에 이르자 결국 하느님과 성 베드로는 죽음의 사신을 보내 한스를 멈추게 해야겠다고 생각한다. 하지만 한스는 죽음의 사신을 속여서 마법의 나무에 올라가게 한 다음 오랫동안 나무에서 내려오지 못하게 만든다. 나중에 결국 지옥에 가게 된 한스는 지옥에서 루시퍼를 도박으로 이기고 천국을 정복하는 것을 목표로 삼는다. 이에 달리 어찌해야 할지 몰랐던 하느님과 성 베드로는 한스의 영혼을 패대기쳐서 산산조각 내 버렸고, 그 조각들이 아직도 계속 공중을 떠돌며 전 세계 노름꾼들의 마음속을 옮아 다니고 있다.

29. 강도 신랑

아버지가 골라 준 잘생긴 예비 신랑이 두려운 젊은 아가씨가 마지못해 숲속 깊은 곳에 있는 예비 신랑의 집을 찾아가 본다. 그런데 그곳에서 만난 노파가 그녀의 예비 신랑은 사람을 죽여서 잡아먹는 식인 강도떼의 일원이라고 경고하며 그녀를 큰 통 뒤에 숨겨 준다. 다른 희생자를 살인하는 광경을 목격하던 중에 그 희생자의 잘린 손가락이 그녀의 무릎에 떨어진다. 이내 강도들이 곯아떨어지자 그녀는 들키지 않고 달아난다. 나중에 결혼식 날, 아가씨는 모인 하객들 앞에서 모든 이야기를 다 들려주며 증거로 희생자의 손가락을 보여 준다. 살인자들 무리는 즉시 재판에 회부되어 처형된다.

30. 대부가 된 죽음의 신

갓난 아들의 대부를 구하던 사내는 '모든 사람에게 동등하게 대하고' 부와 명예를 주겠노라고 약속하는 죽음의 신이 대부로 가장 좋겠다고 결정한다. 아이가 어른이 되자, 죽음의 신이 나타나 모든 병을 치료할 수 있는 약초의 사용법을 알려주고 그 아이를 유명한 의사로 만들어 준다. 하지만 그 약초는 악마가 지시할 때만 사용할 수 있다. 어느 날, 아름다운 공주를 치료하러 궁으로 불려간 젊은 의사는 공주에게 반하여 공주를 죽게 놔두라는 대부의 뜻을 거역한다. 자신의 지시를 따르지 않자 격노한 죽음의 신은 공주 대신 자신의 대자의 목숨을 앗아간다.

31. 노간주나무

사악한 계모가 악의와 질투에 사로잡힌 나머지 어린 의붓아들의 목을 자른다. 그러고는 자기 딸을 속여서 딸아이가 자신이 오빠를 죽인 것으로 오해하게 만든다. 계모는 의붓아들의 시체로 요리를 해 아무것도 모르는 남편이 그것을 먹게 한다. 의붓누이가 비통해하며 오빠의 뼈를 추슬러 모아 신성한 노간주나무 아래에 묻어 주자 신비롭게도 새 한 마리가 나뭇가지에 나타난다. 새는 그곳에서 멀리 날아가 살인에 얽힌 노래를 소리 높여 부르며 이곳저곳을 돌아다닌다. 그러면서 새는 마을 사람들에게서 금목걸이와 구두, 맷돌을 받아 모은다. 금목걸이와 구두는 아버지와 동생에게 선물로 주고, 맷돌은 악한 계모의 머리에 떨어뜨린다. 그리고 계모가 사라지자 아들이 멀쩡한 모습으로 나타난다.

32. 잠자는 숲속의 공주 (원제 : 들장미 공주)

왕이 공주의 탄생을 축하하는 연회에 사정상 열두 명의 여자 마법사만을 초대하자, 초대 받지 못한 열세 번째 마법사는 모욕감을 느끼고 공주가 열다섯 살이 되면 물렛가락에 손가락을 찔려 죽게 될 것이라는 저주를 내린다. 하지만 열두 마법사 가운데 한 명이 공주가 죽는 대신 백 년 동안 잠을 자게 되는 것으로 그 저주를 수정한다. 그리고 마침내 공주가 열다섯 살이 되자 그 저주가 실현된다. 공주의 시간뿐만이 아니라 전체 궁전의 시간까지도 전부 멈추고, 연막용 들장미 울타리가 궁전 주위로 무성하게 자라나 아무도 궁전에 접근할 수가 없다. 그저 궁전에 접근을 시도하다가 많은 왕자들이 계속 죽어나갈 뿐이다. 백년이 흐른 뒤, 대담무쌍한 한 젊은 왕자가 활짝 핀 들장미 울타리 앞에 이르자 들장미들이 그에게 길을 터 준다. 그리하여 왕자는 마법에 걸린 성을 수색하다가 공주를 발견하게 되고 입맞춤으로 마법을 깨뜨린다. 왕자와 공주는 사랑에 빠져 결혼해 그 후로 행복하게 산다.

33. 백설 공주

왕비는 말하는 거울을 통해 자신이 그 나라에서 '가장 아름다운 사람'이 아니라는 사실을 알게 되자, 질투심에 미칠 지경이 되어 거울의 말로는 '천 배는 아름다운' 자신의 의붓딸 '백설 공주'를 죽이라고 사냥꾼에게 명령한다. 하지만 사냥꾼은 백설 공주를 숲속으로 달아나게 해 주고, 숲속에 사는 친절한 일곱 난쟁이들이 그녀를 받아들여 주어서 백설 공주는 난쟁이들의 집에서 함께 지내게 된다. 그러던 어느 날, 왕비가 노파로 변장해 난쟁이들이 집을 비운 사이 백설 공주를 찾아와 사과로 독살한다. 난쟁이들은 백설 공주의 시신을 유리관 속에 넣어 둔다. 그리고 얼마 지나지 않아 어떤 왕자가 난쟁이들의 오두막 앞을 지나가다가 관 속의 백설 공주를 보고 사랑에 빠진다. 왕자는 난쟁이들의 허락을 받아 백설 공주의 관을 자신이 가져가기로 하는데, 관을 옮기는 과정에서 관이 흔들리자 공주의 목에 걸려 있던 독사과의 조각이 목구멍에서 튀어나오면서 백설 공주는 우연히 되살아난다. 그 뒤에 치러진 결혼식에서 사악한 왕비는 시뻘겋게 단 쇠 신발을 신고 죽을 때까지 춤을 춰야 하는 신세가 된다.

34. 여섯 마리 백조

왕이 첫 번째 결혼에서 낳은 여섯 왕자들을 악독한 새 왕비가 백조로 만들어 버린다. 여섯 왕자들의 누이동생은 오빠들을 찾으러 나서는데, 오빠들에게 걸린 사악한 마법을 풀기 위해서는 꽃으로 여섯 벌의 셔츠를 만들고 6년 동안 침묵의 서약을 지켜야만 한다. 지나가던 왕이 그녀를 보고는 아름다움에 반해 그녀와 결혼한다. 하지만 왕의 어머니는 어린 왕비를 지속적으로 괴롭히고 왕비가 자기가 낳은 아이들을 죽였다고 누명을 씌워 사형 선고를 받게 만든다. 처형되기 바로 직전, 왕비는 셔츠를 완성하고 침묵의 서약 기간도 끝난다. 왕비의 오빠들은 사람의 모습으로 돌아오고 왕비는 자유롭게 말할 수 있게 된다. 그 결과, 왕의 어머니가 왕비 대신 화형에 처해진다.

35. 룸펠슈틸츠헨

자기 딸이 짚으로 금실을 잣는 놀라운 재주가 있다는 방앗간 주인의 거짓말을 들은 왕은 방앗간 주인의 딸을 자신의 성에 가두고 그 일을 하라고 명령하면서 그렇지 않으면 처형될 것이라고 말한다. 꼬마 도깨비처럼 생긴 사내가 나타나 방앗간 주인의 딸이 앞으로 낳을 첫째 아이를 비롯해 이런 저런 선물을 대가로 준다면 그 일을 대신 해 주겠노라고 제안한다. 방앗간 주인의 딸은 그 제안을 받아들이고 왕비가 된다. 마침내 그녀가 아이를 낳자, 꼬마 도깨비가 다시 나타난다. 하지만 도깨비는 왕비를 불쌍히 여겨서 사흘 안에 자신의 이름을 맞추면 아이를 데려가지 않겠다고 한다. 사흘째 되는 날, 왕비는 운 좋게도 궁의 전령을 통해 그 도깨비의 이름을 알게 되어 '룸펠슈틸츠헨'이라고 정확히 대답한다. 그리하여 격분한 도깨비는 발을 구르다가 자신의 몸을 두 동강 낸다.

36. 트루데 부인

말 안 듣는 어린 소녀가 사악한 트루데 부인에 대한 부모의 경고를 무시하고 어쨌든 집을 찾아가기로 결심한다. 소녀는 트루데 부인의 집에 도착하자마자 부인의 집 계단에서 시커먼 남자, 시퍼런 남자, 시뻘건 남자를 보고는 겁에 질린다. 하지만 트루데 부인은 그자들은 그저 숯쟁이, 사냥꾼, 푸주한일 뿐이라고 설명한다. 이어서 소녀가 불타는 듯한 머리를 지닌 악마를 봤다고 말하자, 트루데 부인은 자신의 정체를 드러내어 소녀를 장작으로 변하게 만든 다음 불속에 던져 활활 타오르게 만들며 크게 기뻐한다.

37. 황금새

궁전의 나무에서 황금 사과를 훔쳐간 것이 황금새라는 사실이 밝혀지자 왕은 세 아들에게 황금새를 잡아 오라는 임무를 내린다. 각자 차례대로 길을 떠난 세 아들 모두 수수께끼 같은 조언을 해 주는 여우를 마주치지만 막내왕자만 여우의 조언에 귀를 기울인다. 그리하여 복잡한 모험이 시작되고, 막내왕자는 몇 차례 실수를 하며 두 형들에게 속임을 당하기도 한다. 그럴 때마다 여우가 나타나 신의 있게 막내왕자를 구해 주어서 마침내 막내왕자는 황금새를 잡고 아름다운 공주와 결혼한다. 여우는 도와준데 대한 보답으로 자기를 쏘아 죽인 다음 머리와 발을 잘라 달라고 요구한다. 마지못해 왕자가 여우의 요구를 들어주자, 마법이 풀리며 여우가 본래의 사람의 모습으로 돌아오는데, 여우는 다름 아니라 공주가 오래전에 잃어버린 오빠임이 밝혀진다.

38. 여우와 고양이

거만한 여우가 아는 것이라고는 나무로 기어오르는 것밖에 없는 고양이를 멸시하며 자기는 백 가지도 넘는 독창적인 방법으로 개를 피할 수 있다고 자랑한다. 하지만 막상 사냥개 무리가 불쑥 나타나자, 고양이는 얼른 나무로 기어올라 피하지만 여우는 사냥개에게 잡히고 만다. 나뭇가지에 무사히 몸을 숨긴 고양이는 운이 다한 여우를 꾸짖는다.

39. 작은 농부

작은 농부는 꾀를 내어 나무로 만든 송아지로 진짜 소 한 마리를 손에 넣은 다음, 그 소의 가죽을 팔러 마을로 간다. 마을로 가는 길에 작은 농부는 다친 까마귀 한 마리를 발견하여 쇠가죽으로 감싼 채 폭풍우를 피해 방앗간 집에서 하루 묵게 된다. 그곳에서 그는 방앗간 주인의 아내가 신부와 바람피우는 것을 목격한다. 그런데 방앗간 주인이 예기치 못하게 불쑥 집으로 돌아오자 신부는 얼른 찬장에 숨는다. 작은 농부는 자기에게 신통력 있는 까마귀 한 마리가 있다고 주장하며 찬장에 '악마'가 숨어 있다고 가르쳐 줘서 큰돈을 번다. 집으로 돌아온 작은 농부는 마을 사람들에게 쇠가죽을 팔아 큰돈을 벌었다고 둘러대지만 그의 행운을 시기한 마을 사람들에 의해 사기죄로 고발당한다. 그는 속임수를 써서 처형당하기 직전에 탈출한 뒤 자신을 고발한 마을 사람들 모두를 속여 그들 스스로 물에 뛰어들어 죽게 만든다.

40. 털북숭이 공주

어떤 공주가 아버지의 근친상간 욕망에 굴욕감을 느낀 나머지, 수천 개의 모피와 털로 짠 망토를 걸치고 자기를 알아보지 못하도록 손과 얼굴을 검댕으로 검게 칠한 채 숲속으로 달아난다. 어떤 왕이 사냥을 나왔다가 그녀를 발견해 자신의 성으로 데려가고, 그곳에서 그녀는 '털북숭이'라고 불리는 천한 부엌데기가 된다. 왕실무도회가 열리자, 공주는 깨끗한 모습으로 멋지게 차려 입고 몰래 무도회에 참석한다. 왕은 그녀의 아름다움에 현혹되지만 공주는 자신의 정체가 탄로 나기 전에 서둘러 무도회장을 떠난다. 하지만 자신의 정체에 대한 단서가 될 수 있는 작은 보물들을 왕의 수프에 넣는다. 진실이 드러나자, 왕은 공주와 결혼하고, 두 사람은 죽을 때까지 행복하게 산다.

41. 하얀 눈과 빨간 장미 자매

떨어지고는 못 사는 자매인 '하얀 눈'과 '빨간 장미'는 숲속 오두막에서 엄마와 함께 평화롭게 산다. 어느 추운 밤, 추위를 피해 온 곰을 집으로 받아들여 함께 지내며 그들은 이내 친한 친구가 된다. 곰이 숲의 보물을 지키러 떠난 뒤, 자매는 자신들이 세 번이나 구해 줬지만 그때마다 화만 잔뜩 낼 뿐 감사할 줄 모르는 못된 늙은 난쟁이를 우연히 마주친다. 그때 숲에서 곰이 갑자기 나타나자 비겁한 난쟁이는 곰에게 자기 대신 어린 소녀들을 잡아먹으라고 권하고, 이에 곰은 난쟁이를 앞발로 후려갈겨 죽여 버린다. 난쟁이가 죽자마자 곧바로 곰은 잘생긴 왕자의 본모습으로 돌아와, 사악한 그 난쟁이가 자신에게 마법의 주문을 걸고 보물도 빼앗았다고 자매에게 설명한다. 이제 난쟁이가 죽었으므로, 왕자는 하얀 눈과 결혼하고, 그의 동생은 빨간 장미와 결혼한다. 그들은 함께 난쟁이가 약탈해 놓은 보물들을 나눠 가지고 그 후로 행복하게 산다.

42. 요린데와 요링겔

숲속의 성에 사는 여자 마법사는 고양이나 올빼미로 변신해 젊은 아가씨들을 비롯한 사냥감들을 꾀어 사냥한다. 마법사는 아가씨들을 잡으면 고운 소리로 지저귀는 새들로 변하게 만들어 엄청난 양의 새장에 가둬 둔다. 아름다운 아가씨 요린데도 마법사의 희생양 가운데 하나가 되자, 그녀의 연인 요링겔은 꿈속에서 본 꽃을 찾아 온 땅을 다 뒤지고 다닌다. 그 꽃을 찾자마자 그는 마법사의 성으로 가서 마법사를 물리치고 요린데와 그곳에 잡혀 있는 수천 명의 다른 아가씨들을 구한다.

43. 노래하며 폴짝폴짝 뛰는 종달새

흉포한 사자의 나무에서 노래하며 폴짝폴짝 뛰는 종달새를 사자의 것인 줄도 모르고 훔치려던 한 사내가 그 무서운 짐승에게 자신의 딸을 주겠다고 할 수 없이 약속하게 된다. 그런데 사자는 밤에만 사람의 모습으로 있을 수 있는 다정한 왕자로 밝혀지고, 그리하여 사내의 딸과 사자는 결혼해서 행복하게 산다. 그러던 어느 날, 사자 왕자의 아내가 우연히 자신의 남편을 촛불 불빛에 노출시키자, 사자 남편은 저주에 걸려 비둘기가 되고 7년 동안 세상을 헤매고 다니게 되는데 헌신적인 아내는 그 뒤를 줄곧 따라다닌다. 그러는 도중에 그녀는 해와 달과 바람의 도움을 받고 그들의 충고 덕분에 외국 공주의 마법으로부터 사랑하는 남편을 구한다. 마침내 두 사람은 집으로 돌아와 오래도록 행복하게 산다.

44. 여섯 사내는 어떻게 세상에서 성공하게 되었나

어떤 병사가 왕의 군대에서 부당하게 쫓겨난 뒤 비범한 사람들을 모아 정의를 구현하고자 한다. 저마다 초인적인 능력을 지닌 그들은 새보다 빨리 달릴 수 있는 자, 사격 솜씨가 뛰어난 자, 힘이 엄청나게 센 자, 강풍을 일으키는 자, 주위를 모두 얼려 버리는 자들이다. 그들은 함께 힘을 합쳐 도보 경주에서 공주를 이기고, 협잡꾼 같은 왕이 파놓은 난관을 극복하고, 그들을 죽이려는 왕의 여러 시도에서 솜씨 좋게 벗어나 마침내 왕이 어쩔 수 없이 왕국의 모든 재산을 내놓게 만든다.

45. 거위 치는 소녀

아름다운 공주가 머나먼 왕국의 왕자를 만나러 가는 길에 못된 시녀의 협박을 받아 강제로 시녀와 옷을 바꿔 입고 말도 바꿔 타게 된다. 또한 그 사실을 절대로 발설하지 않겠다는 맹세까지 강제로 하게 된다. 결국 왕자는 시녀와 결혼하고, 진짜 공주는 미천한 거위 치는 소녀로 일한다. 사람 말을 할 줄 아는 공주의 말의 입을 영원히 막기 위해 시녀는 왕실의 도살업자를 시켜 공주의 충직한 말 '팔라다'를 죽이도록 한다. 도살업자는 팔라다를 죽인 뒤 팔라다의 머리를 못질하여 벽에 걸어 놓는다. 그런데 거위 치는 소녀가 그곳을 지나갈 때마다 벽에 걸린 말의 머리는 계속 진실을 말하고, 공주와 함께 거위를 돌보는 어린 소년 콘래드가 그 기이한 일을 목격한다. 콘래드에게 그 일을 보고 받은 늙은 왕은 공주의 정체에 얽힌 모든 진실을 알게 되고, 그 후 시녀는 끔찍하게 처형되며 왕자는 자신의 진짜 신부와 결혼한다.

46. 곰 가죽

전쟁이 끝난 후 제대한 어떤 병사가 집으로 돌아오지만 매정한 형제들에게 버림을 받는다. 너무나 빈곤했던 나머지 병사는 악마와 거래를 하는데, 7년 동안 곰 가죽만 입고 절대 씻지도 몸을 다듬지도 말아야 한다는 조건이다. 그러자 얼마 안 가 그는 무시무시한 괴물처럼 보이게 된다. 하지만 악마 덕분에 병사의 주머니에는 늘 금화가 그득해서 그는 그것으로 불쌍한 사람들을 돕는다. '곰 가죽'이란 이름을 지니게 된 그 병사는 그렇게 여기 저기 떠돌던 중에 어떤 노인에게 돈을 줘서 빚을 갚을 수 있도록 해 주는데, 노인은 그 보답으로 자신의 세 딸 가운데 하나와 결혼할 것을 권한다. 딸 가운데 둘은 곰 가죽을 보고 역겨워하며 업신여기지만 셋째 딸은 선뜻 그와 결혼하겠다고 나선다. 7년이 흐른 후, 악마가 찾아와 병사를 말끔히 씻기자 병사는 자신의 신부 앞에 잘생긴 청년의 모습으로 나타난다. 신부의 두 언니는 질투심으로 미쳐 날뛰고 악마는 그런 두 언니의 영혼을 앗아간다.

47. 개똥지빠귀 수염 왕

아름답지만 거만한 공주가 여러 구혼자들을 조롱하며 퇴짜를 놓는데, 그 구혼자들 가운데 훌륭한 어떤 왕을 보고는 턱이 개똥지빠귀 부리처럼 생겼다며 놀린다. 그때부터 사람들은 다들 그를 '개똥지빠귀 수염 왕'이라고 부른다. 공주의 오만함에 좌절한 그녀의 아버지는 성문 앞에 처음으로 찾아오는 거지에게 딸을 주겠노라고 맹세한다. 그리하여 가난한 음유시인이 나타나자, 왕은 공주를 그 음유시인과 강제로 결혼시켜 궁 밖으로 내보내고, 공주는 음유시인을 따라 숲속 오두막으로 가서 항아리를 만들어 시장에 내다 팔아 생계를 꾸린다. 어느 날 시장에서 술 취한 경기병이 항아리들을 깨뜨리는 바람에 그녀는 어떤 왕의 궁전에서 미천한 부엌데기로 일하는 신세가 된다. 얼마 지나지 않아 왕이 결혼식을 올리는 것처럼 꾸민 날, 그녀는 궁에서 창피를 당하고 집으로 도망치려 한다. 하지만 그 왕은 사실 '개똥지빠귀 수염 왕'으로 음유시인도 경기병도 모두 자신이 변장한 것이었다고 밝히며 그녀에게 자신의 왕비가 되어 달라고 말한다. 겸손해지고 자신의 잘못을 뉘우치게 된 공주는 왕과 결혼한다.

48. 두 동행자

쾌활한 재단사가 시무룩한 구두장이를 만나 함께 길을 간다. 숲속에서 길을 잘못 든 뒤, 재단사가 챙겨 온 빵이 다 떨어진다. 가학적인 구두장이는 재단사에게 눈을 도려내게 해 준다면 먹을 것을 좀 주겠노라고 제안한다. 배가 너무나 고팠던 재단사는 어쩔 수 없이 눈을 내주고 빵을 얻어먹지만, 구두장이는 앞을 못 보는 재단사를 버리고 가 버린다. 하지만 교수대에 매달린 불쌍한 죄인 둘이 신선한 이슬로 시력을 되찾는 법에 대해 이야기하는 것을 우연히 듣게 된 재단사는 이슬로 시력을 회복해 다시 앞을 볼 수 있게 된다. 그런 뒤 재단사는 왕궁에서 일하게 되고, 구두장이 역시 그 왕궁에 고용된다. 꺼림칙한 마음에 구두장이는 먼저 선수를 쳐서 재단사를 쫓아내려고 하지만, 재단사는 왕궁으로 오는 길에 친구가 된 여러 동물들의 도움으로 구두장이보다 한 수 앞서 나간다. 구두장이는 결국 까마귀들에게 쪼여 눈알이 파인다.

49. 고슴도치 한스

어떤 부유한 농부 부부에게 아이가 없었다. 어느 날 잔뜩 화가 난 농부는 고슴도치라도 좋으니 아이가 있었으면 하고 바란다. 그 후 얼마 지나지 않아 농부의 아내는 반은 고슴도치인 사내아이를 낳는다. 아이의 부모는 창피하기도 하고 분통이 나기도 하는 마음으로 아이를 키운다. 그래서 고슴도치 한스는 숲속으로 가서 행복하게 가축을 기르고 백파이프를 연주하고 수탉을 타기도 하면서 혼자 산다. 숲속에서 길을 잃은 어떤 왕이 한스에게 궁으로 돌아가는 길을 가르쳐 주면 자신이 궁으로 돌아갔을 때 처음으로 마주치는 것을 주겠노라고 약속하는데, 그가 궁으로 돌아갔을 때 처음 마주친 것은 자신의 딸이다. 두 번째로 길을 잃은 어떤 왕도 한스에게 똑같은 약속을 한다. 첫 번째 왕이 약속을 어기자 한스는 고슴도치 가시로 왕의 딸을 세게 찔러 벌준다. 두 번째 왕은 약속을 이행해 왕의 마음씨 고운 딸이 한스와 결혼한다. 결혼식을 올린 날 밤 한스는 고슴도치 가죽을 벗고 잘생긴 젊은이로 변신한다. 그리고 고슴도치 가죽은 불태워져서 두 번 다시는 입을 일이 없어진다.

50. 작은 수의

아이의 영혼이 슬픔을 가누지 못하는 엄마에게 나타나 자신의 죽음을 슬퍼하며 우는 것을 이제 그만 멈춰 달라고 애원하자, 아이의 엄마는 아이가 시키는 대로 속으로 꾹 참으며 소리 내지 않고 자신의 비통함을 견딘다. 그러자 아이가 다시 나타나 엄마에게 감사의 인사를 하고는 무덤 속에서 편안히 잠든다.

51. 몰래 숨겨 놓은 동전

어떤 가족의 점심 식사에 초대받아 함께 식사를 하곤 하던 친구가 그 집의 작은 아이가 어떤 방으로 들어가서 마룻장의 틈 사이를 뒤지는 모습을 되풀이해서 목격한다. 그가 그 집 주인들에게 이야기를 하자, 안주인은 그 아이가 최근에 죽은 아들의 영혼 같다며 그 아이가 살아 있을 때 동전 두 닢을 마룻장 아래에 몰래 숨겨 놓은 모양이라고 한다. 가난한 사람에게 주라고 줬던 동전을 아이가 자기가 쓰려고 숨겨 뒀던 것이다. 동전을 찾아내 가난한 사람에게 주자 아이의 영혼이 다시는 나타나지 않는다.

52. 노인과 손자

허약한 노인이 식탁에서 숟가락조차 제대로 들지 못해 아들 내외를 난처하게 만든다. 노인은 방 한쪽 구석에서 나무 그릇에 음식을 담아 혼자 먹도록 강요받는다. 어린 손자가 자신의 부모가 나이 들었을 때 사용할 나무 여물통을 만들기 시작하자 아이의 부모는 수치심을 느낀다. 노인은 곧바로 다시 가족의 식탁에 앉아 함께 식사를 하게 된다.

53. 악마의 숯검댕이 동생

제대 후 실직 상태인 병사가 7년 동안 악마의 밑에서 일하기로 한다. 그 기간 동안은 절대로 몸을 씻거나 매만지거나 다듬어서는 안 된다는 조건이다. 게다가 주전자들을 올려둔 불이 꺼지지 않도록 계속 불을 때야 하지만 주전자 안을 들여다봐서는 안 된다. 하지만 그는 호기심에 주전자 안을 훔쳐보게 되는데 주전자 안에는 군대 시절 자신을 괴롭히던 군대 상사들이 들어가 있다. 그래서 그는 더욱더 분발해 즐겁게 자신이 맡은 일을 계속한다. 그가 지옥을 떠날 때가 되자, 악마는 그에게 품삯으로 금을 주면서 '악마의 숯검댕이 동생'으로 자신에게 계속 충성을 바칠 것을 요구하고, 병사는 그 요구에 따른다. 보답으로 악마는 사기꾼인 여관 주인에게서 그를 지켜주고, 마침내 병사는 공주와 결혼해 왕국을 물려받는다.

54. 당나귀 상추

사냥꾼이 목이 마르고 허기진 노파를 돕자, 노파는 자신에게 친절하게 대해 준 보답으로 마법의 망토와 금화를 만드는 새의 심장을 얻는 법을 가르쳐 준다. 사냥꾼은 새의 심장과 망토를 손에 넣은 뒤 여행길에 오르고, 그 길에서 늙은 마녀와 마녀의 아름다운 딸을 만나게 된다. 마녀 모녀는 딸에게 반해 사랑에 눈먼 사냥꾼을 속여서 그의 보물들을 빼앗고 그를 머나먼 산속에다 남겨둔 채 가 버린다. 그는 구름을 타고 떠다니다가 어떤 채소밭에 이르고 그곳에서 사람을 당나귀로 변하게 만드는 상추를 발견한다. 그는 그 마법 상추를 마녀 모녀에게 먹이고, 당나귀가 된 마녀 모녀는 방앗간에서 열심히 일해야 하는 처지가 된다. 방앗간에서 일을 하다가 늙은 마녀 당나귀가 죽자, 사냥꾼은 잘못을 뉘우친 마녀의 딸을 방앗간에서 데려와 그녀를 다시 사람의 모습으로 돌아오게 한 다음 그녀와 결혼한다.

55. 커다란 순무

가난한 농부가 자신도 모르는 사이에 밭에서 자라난 거대한 순무를 왕에게 선물로 바치기로 결심한다. 그 기이한 순무에 깊은 인상을 받은 왕은 농부에게 많은 양의 땅과 가축과 금을 하사한다. 그 소식을 들은 농부의 부유한 형은 자신의 금과 말을 왕에게 바치고 그에 걸맞은 보답을 기대하지만 왕은 그에게 그 거대한 순무를 하사할 뿐이다. 이에 격분한 형은 자기 동생에게 분풀이를 하려 한다. 형은 자객들을 고용해 동생인 순무 농부를 죽이려 하지만, 떠돌이 학자가 다가오는 소리에 놀란 자객들은 농부를 자루에 넣어 나무에 매달아 놓은 채로 달아나 버린다. 농부는 그 학자에게 자신이 들어가 있는 자루가 사실은 '지혜의 자루'라고 믿게 만든다. 지혜의 자루 안에 들어가 있으면 위대한 비밀들을 깨우칠 수 있다는 농부의 말에 학자는 농부 대신 자기가 자루에 들어가고 싶어서 농부를 풀어 준다. 순무 농부는 학자의 말을 타고 일단 그곳을 떠난 뒤 나중에 사람을 보내 멍청한 학자를 자루에서 내려 준다.

56. 외눈박이, 두눈박이, 세눈박이

눈이 두 개인 소녀가 자신의 엄마와 눈이 하나인 언니 그리고 눈이 셋인 여동생에게 비정상적인 괴물이라고 구박을 받는다. 어느 날, 울고 있는 두눈박이 앞에 여자 마법사가 나타나 비밀 주문을 가르쳐 준다. 두눈박이네 집 염소에게 음식이 차려진 식탁을 내달라고 부탁하면 한 상 가득 음식이 차려진 식탁이 나타나는 비밀 주문이다. 하지만 평소와 달라진 두눈박이의 행동에 두눈박이의 언니와 동생은 의심을 품고 세눈박이가 그 비밀을 알아내게 된다. 자매의 엄마는 시기한 나머지 그 염소를 죽여 버린다. 그러자 슬피 우는 두눈박이 앞에 여자 마법사가 다시 나타나 죽은 염소의 내장을 땅에 묻으라고 말한다. 두눈박이가 그렇게 한 다음날, 염소의 내장을 묻은 자리에 두눈박이만이 딸 수 있는 황금 과일이 달린 나무 한 그루가 생겨나 있다. 그리고 왕자인 젊은 기사가 우연히 그곳을 지나다가 그 경이로운 일을 목격한다. 두눈박이는 자신의 절망적인 상황을 그에게 설명하고 자기를 그의 성으로 데려가 달라고 부탁한다. 그녀의 아름다움에 매혹된 왕자는 그녀의 부탁을 들어주고 결국에는 그녀와 결혼한다.

57. 춤추는 열두 공주(원제 : 춤추느라 닳아 해진 신발)

왕이 자신의 열두 딸의 신발이 왜 늘 닳아 해져 있는지를 설명하는 자에게 딸들 가운데 하나를 주겠노라고 선포한다. 하지만 비밀스런 공주들은 희망을 품고 찾아온 왕자들을 잇달아 속여서 수면제를 마시게 한다. 그 결과, 공주들의 비밀을 알아내려던 왕자들은 어느 한 사람도 빠짐없이 실패해 목이 베인다. 마침내 가난하지만 슬기로운 병사가 나타나 공주들보다 나은 꾀를 써서 보이지 않는 투명 망토를 걸치고 공주들의 뒤를 밟아 마법의 지하 궁전으로 가게 된다. 공주들이 그곳에서 매일 밤 잘생긴 왕자들과 춤을 추다 보니 신발이 다 닳아서 해졌던 것이다. 공주들의 비밀을 알아내고 왕에게 보여줄 증거도 충분히 모아 온 병사는 왕의 맏딸과 결혼을 허락받고 왕국의 계승자로 선택된다.

58. 열두 명의 사냥꾼

왕자는 어떤 공주와 이미 약혼한 상태였지만 부왕이 죽어 가면서 남긴, 어느 왕의 딸과 결혼하라는 유언을 따르기로 한다. 그 소식을 전해 듣고 무척 속이 상했던 약혼녀는 자기와 닮은 여자 열한 명을 구해 다함께 사냥꾼 복장을 하고 왕이 된 자신의 약혼자를 찾아가 왕의 사냥꾼으로 일한다. 왕의 궁전에 있던 말하는 현명한 사자가 왕에게 그 사냥꾼들은 사실 여자들이라고 경고한다. 그러자 왕은 사자의 말이 사실인지 시험해 보기로 하지만 어떤 시종이 사냥꾼들에게 미리 귀띔해 줘서 그들의 정체가 발각되지 않는다. 하지만 왕이 곧 새 신부와 결혼할 것이라는 소식을 들은 공주가 슬픔을 못 이기고 혼절하는 바람에, 왕은 사냥꾼으로 변장한 공주가 끼고 있던 장갑을 벗기다가 공주의 약혼반지를 보게 된다. 그 반지로 마침내 왕은 자기가 사랑하는 연인을 알아보고, 그리하여 왕은 부왕의 유언을 무시하고 원래의 약혼녀인 공주와 결혼한다.

59. 무쇠 한스

어떤 왕이 깊은 연못 바닥에서 녹슨 무쇠처럼 적갈색인 위험한 야만인을 잡아 우리에 가두고는, 누구든 그를 풀어 줘서는 아니 되며 만약 자신의 명을 어긴다면 사형에 처하겠노라고 엄명을 내린다. 하지만 야만인 무쇠 한스는 왕의 어린 아들을 꼬드겨 자신을 풀어 주게 만들고 함께 숲속으로 달아난다. 그곳에서 무쇠 한스는 자신이 마력을 지니고 있음을 밝히며 둘이 떨어지게 되더라도 자신이 어린 왕자를 보살필 것이라고 선언한다. 그런데 실수로 머리카락이 황금빛으로 변해 버린 왕자는 모자로 머리를 감추고 혼자 숲을 떠나 다른 왕국에서 정원사로 일자리를 구한다. 모자로 머리카락을 감추었음에도 그는 공주의 주의를 끌게 되고 공주는 그에게 반한다. 하지만 변장한 왕자는 공주에게 청혼하기 전에 전쟁에서 자신의 능력을 입증하고 싶어 하고, 무쇠 한스 덕분에 그는 왕의 군대를 승리로 이끈다. 왕자가 공주와 왕과 함께 승리를 축하하고 있을 때, 무쇠 한스가 나타나 왕자 덕분에 이제 자신에게 걸린 주술이 풀렸다고 밝히며 자신의 모든 보물을 왕자에게 준다.

60. 홀레 할머니

어떤 과부가 게으른 친딸만 편애하며 부지런한 의붓딸은 구박하고 종처럼 부린다. 어느 날, 학대당하던 의붓딸이 실을 잣던 중 피 묻은 얼레를 닦으려다가 그만 우물 속으로 얼레를 빠뜨리고 만다. 당장 얼레를 건져오라는 계모의 성화에 소녀는 우물로 뛰어들고 정신을 잃었다가 다시 깨어나 보니 그곳은 아름다운 초원이다. 초원을 돌아다니던 소녀는 다 구워진 빵을 오븐에서 꺼내 주고 사과나무를 털어 사과를 수확해 주며 빵과 사과나무를 돕는다. 마침내 소녀는 무섭게 생겼지만 자애로운 홀레 할머니를 만나게 되고, 할머니는 소녀가 평범한 집안일을 해 주는 대가로 소녀를 거두어 보살펴 준다. 그러다 소녀가 집으로 돌아가기로 결심하자, 홀레 할머니는 소녀의 온몸을 금으로 뒤덮어 집으로 돌려보낸다. 이에 고무된 게으른 의붓언니가 자기도 그런 행운을 얻고 싶어서 우물로 뛰어든다. 하지만 의붓언니는 도움을 청하는 빵도 사과나무도 본체만체 그냥 지나치고 워낙 게을렀던 탓에 홀레 할머니의 집안일도 제대로 해 내지 못한다. 결국 의붓언니는 시커먼 기름 찌꺼기로 온몸이 뒤덮인 채 집으로 돌아오고, 그 기름 찌꺼기는 아무리 씻어도 절대 없어지지 않는다.

61. 샘물가에서 거위 치는 소녀

세상을 돌아다니던 젊은 백작이 풀과 과일 양동이들을 나르는 노파를 돕겠다고 나선다. 하지만 그 양동이들이 믿을 수 없을 정도로 무거웠던 탓에 힘들어 했다가 노파의 산속 집으로 가는 길 내내 노파의 닦달을 받는다. 노파의 산속 집에서 그는 거위를 돌보는 못생긴 여자를 만나게 되고 노파를 도와준 데 대한 보답으로 진주를 선물 받는다. 그 뒤 백작은 어떤 왕과 왕비를 만나게 되는데, 그들은 그 진주가 소금만큼 아버지를 사랑한다고 말했다가 왕국에서 추방당한 자신들의 딸이 흘린 눈물임을 알아본다. 딸이 아직 살아 있을지도 모른다는 기대를 품게 된 왕과 왕비는 백작과 함께 딸을 찾기 위해 길을 나선다. 중간에 왕 부부를 놓치고 혼자 떨어진 백작은 샘물가에서 거위 치는 소녀가 추한 가죽을 벗자 그 아래에 감춰져 있던 아름다운 공주의 얼굴이 드러나는 광경을 보게 된다. 그 후 곧 왕과 왕비는 공주와 재회하고 모든 것은 용서된다.

62. 지멜리 산

도적 떼가 '젬지 산'이라는 마법의 주문을 외치고 산을 드나드는 광경을 어떤 가난한 사내가 숨어서 몰래 목격한다. 도적 떼가 떠나고 혼자 남은 사내가 시험 삼아 마법의 주문을 외치자 동굴이 열린다. 들어가 보니 훔친 재물들로 가득한 동굴에서 사내는 자신의 빚을 갚을 수 있을 만큼의 재물만 적당히 챙겨 집으로 가져온다. 한편, 사내의 탐욕스러운 부자 형은 동생을 속여서 동생이 부유해지게 된 비밀을 알아내 동굴 속의 재물을 약탈하러 산으로 간다. 일단 형은 동굴 안으로 들어가기는 하지만 재물에 정신이 팔리는 바람에 그만 정확한 주문을 잊어버려서 나올 때는 동굴의 문을 열지 못한다. 결국 형은 그날 저녁 동굴로 돌아온 도적 떼에게 목이 잘리고 만다.

63. 게으름뱅이 하인츠

일 없는 삶을 꿈꾸는 게으름뱅이 하인츠는 마을 아가씨 가운데 자신과 딱 맞는 이상적인 배필인 뚱보 트리나를 아내로 맞는다. 하인츠와 트리나 부부는 벌들은 염소처럼 들판으로 몰고 나가지 않아도 되므로, 자신들의 염소를 이웃의 벌통과 맞바꾸고 벌통이 꿀로 가득 차자 침실의 높은 선반에 꿀단지를 올려놓는다. 부부는 둘 다 지독히도 게을렀으므로 쥐에게서 꿀단지를 지키려고 침대 옆에 긴 막대기를 놓아둔다. 하지만 실수로 그만 꿀단지가 깨져 꿀이 온 바닥으로 흘러내리고, 부부는 속상해하기는커녕 덕분에 늦잠을 푹 잘 수 있게 되었다며 오히려 반긴다.

64. 새하얀 새

어떤 마법사가 세 자매를 한 번에 한 명씩 붙잡아 어두운 숲속에 있는 그의 화려한 집으로 데려간다. 그는 세 자매에게 집 안에서 원하는 곳 어디든 구경해도 좋지만 방 하나 만큼은 절대로 열어서는 안 된다고 말한다. 호기심을 못 이기고 결국 그 방문을 열어 버린 세 자매는 그곳에서 토막 난 시체들을 발견한다. 마법사가 금지된 방문을 열어 본 벌로 자매 가운데 둘을 죽이지만 셋째는 기지를 발휘해 죽음을 피한다. 셋째는 언니들을 되살려 내고는 금덩어리로 감쪽같이 속여 마법사로 하여금 자매의 집으로 짊어지고 가게 만든다. 그리고 해골을 자기처럼 보이도록 꾸며 창문 앞에다 놓아두고 자신의 온몸을 깃털로 덮어 '새하얀 새'로 변장해 달아난다. 그 뒤 복수심에 불타는 자매의 가족들이 마법사의 집으로 다시 와서 마법사를 집에 가두고 불태워 버린다.

65. 힘센 한스

어떤 어머니와 그녀의 어린 아들 한스가 산적들에게 납치되어 동굴로 끌려가 그곳에서 강제로 일하며 살게 된다. 세월이 흘러 덩치도 크고 힘도 센 소년이 된 한스는 어느 날 전나무 가지로 만든 곤봉으로 산적들을 때려 의식을 잃게 만든 뒤 어머니와 탈출해 원래 자기의 집으로 돌아간다. 기쁨에 넘친 한스의 아버지는 한스에게 50킬로그램이나 나가는 지팡이를 만들어 주고, 한스는 온 세상을 돌아보기 위한 여행길에 오른다. 여행 도중에 한스는 힘센 사내 둘과 친구가 되고 사악한 난쟁이의 손아귀에서 아름다운 아가씨를 구한다. 그의 친구들이 한스를 배신하지만, 한스는 요정들의 도움으로 그 아가씨를 다시 한 번 구해 준다. 그 뒤 한스는 그녀를 집으로 데려다주고 그녀와 결혼한다.

66. 대장장이와 악마

빈곤에 허덕이는 대장장이가 10년 동안 부와 행복을 누리는 대가로 악마에게 영혼을 팔기로 서명한다. 약속한 시간이 되어 악마가 영혼을 거두러 오자, 대장장이는 악마를 속이려는 속셈으로 악마에게 생쥐로 모습을 바꿔 보라고 요구한다. 악마가 생쥐로 변신하자, 대장장이는 악마를 재빨리 마법의 자루에 집어넣고 두들겨 패서 결국 악마와의 계약을 물린다. 그 후, 오래도록 행복한 삶을 산 대장장이는 천국에 가고자 하지만 악마와 거래를 했던 일 때문에 천국에 들어가지 못하고 거절당한다. 그런 뒤에는 성가신 존재라는 이유로 지옥에 들어가는 것도 거절당한다. 하지만 여간내기가 아닌 대장장이는 마귀 둘을 붙잡아 지옥의 문에 못 박아 놓고, 위협감을 느낀 악마가 하느님에게 항의를 해 결국 대장장이는 천국으로의 입장이 허락된다.

67. 푸른 등잔

부상을 입는 바람에 무정한 왕에 의해 군대에서 쫓겨난 어떤 병사가 마녀에게 숙식을 제공 받는다. 그 보답으로 마녀는 그에게 마른 우물 바닥에서 푸른 등잔을 찾아오라고 요구한다. 우물 바닥에서 푸른 등잔을 찾아서 올라가려는 순간, 마녀는 등잔부터 먼저 올려 보내라며 실랑이를 벌이다가 그를 우물 속에 놔두고 그냥 가 버린다. 병사가 우물 바닥에서 찾은 그 등잔불로 담뱃대에 불을 붙이자, 소원을 다 들어주는 검은 난쟁이가 소환되어 나타난다. 병사는 이 일에 대한 책임을 물어 당장 마녀가 처형되도록 하라고 난쟁이에게 요구한다. 그런 뒤 공주를 납치해 자신을 내쫓은 왕에게 복수를 하려 하지만 그러다가 붙잡혀서 사형을 선고받는다. 죽기 전 마지막으로 담배 한 모금을 피우도록 허락 받은 그는 난쟁이를 소환해 재판관들을 마구 두들겨 패게 하고, 결국 왕은 자신의 왕국을 병사에게 내주며 자신의 딸을 아내로 삼게 해 준다.

68. 연못 속의 물의 요정

가난에 시달리던 방앗간 주인이 부유해지는 대가로 아름다운 물의 요정에게 자신의 집에서 태어나는 첫 번째 생명을 주겠다고 약속한다. 그는 그것이 아마도 강아지나 아기 고양이가 될 것이라고 생각하지만, 불행하게도 그의 집에서 태어난 첫 번째 생명은 바로 자신의 아들이다. 아들은 어린 시절에는 연못 근처에 얼씬도 말라는 부모의 경고를 잘 지킨다. 하지만 자라서 사냥꾼이 되고 결혼도 하자 사슴을 사냥하던 중에 연못가에 너무 가까이 다가갔다가 물의 요정에게 잡혀가고 만다. 그의 헌신적인 아내는 오직 남편을 구하겠다는 일념으로, 꿈에서 본 대로 머나먼 산에 여자 마법사를 찾아가 도움을 청한다. 마법사의 조언에 힘입어 아내는 남편을 연못에서 구해 낸다. 그러나 이에 격분한 물의 요정이 엄청나게 큰 파도로 변신해 남편과 아내를 덮친다. 부부는 잠시 개구리와 두꺼비로 변신해 살아남지만 불어난 물에 떠밀리는 바람에 흩어져 서로 헤어진 채로 살게 된다. 오랜 세월 동안 슬퍼하며 서로를 그리워하던 부부는 각자 양 떼를 몰고 가던 중에 우연히 마주쳐 반갑게 재회한다.

69. 개와 참새

주인에게서 학대 받은 개 한 마리가 자신을 돌봐 주겠다고 약속하는 참새와 친구가 된다. 그런데 인색하고 경솔한 마부의 마차에 개가 치여 죽자 참새는 복수를 다짐한다. 참새는 마차에 실린 포도주 통들을 부리로 쪼아서 깨고, 마차를 끄는 말들의 눈을 마구 쪼고, 마부가 집에 저장해 놓은 밀을 먹어 치우고, 마부가 자신의 집을 완전히 망가뜨리게 만든다. 마부 부부가 흥분해서 미쳐 날뛰는 가운데 참새를 죽이려고 마부의 아내가 휘두른 도끼에 맞아 마부가 죽고 나서야 비로소 참새의 화는 가라앉는다.

70. 여우 부인의 결혼식

꼬리가 아홉 달린 어떤 여우가 자기 아내의 정절을 시험하기 위해 죽은 척한다. 얼마 지나지 않아 총각 여우가 하나 찾아와서 여우 부인에게 구애하지만, 여우 부인은 그 총각 여우가 꼬리가 하나뿐이기 때문에 그를 거절한다. 꼬리가 둘 달린 두 번째 여우가 찾아오고, 그런 뒤에는 꼬리가 셋 달린 세 번째 여우가 찾아오는 식으로 계속해서 여우가 하나씩 찾아온다. 매번 거절하지만 결국 꼬리가 아홉 달린 젊은 여우가 나타나자 여우 부인은 하녀에게 이렇게 선언한다. "이제 대문과 방문을 열 시간이야. 전 남편의 시신을 바닥에서 치우도록 해." 하지만 막 결혼식이 열리려고 하는 순간, 격노한 늙은 여우 남편이 벌떡 일어나 여우 부인을 포함한 모두를 그 집에서 내쫓아 버린다.

71. 대도가 된 아들

부유한 신사가 고향으로 돌아와 자신을 알아보지 못하는 소작농인 노부모에게 자기가 그들의 아들이며 이제는 대도가 되었다고 고백한다. 그 소식을 들은 마을 영주가 젊은 도둑에게 도저히 불가능해 보이는 세 가지 과제를 내주며 해내지 못할 경우에는 교수형에 처하겠노라고 말한다. 뛰어난 간계로 대도는 영주의 코앞에서 말과 침대보와 결혼반지를 훔치는 데 성공한다. 교회의 목사와 서기를 납치해 오는 또 다른 과제에 도전할 때, 도둑은 여러 마리 게의 등딱지에 불붙인 양초를 붙여서 한밤중에 교회 묘지에 풀어 놓는다. 세상에 종말이 닥쳤음을 확신한 목사와 서기는 구원을 바라며 제 발로 '성 베드로의 자루'로 기어들어가고 도둑은 그들을 자루째 운반해 가서 영주를 깜짝 놀라게 한다. 영주는 도둑을 교수형에 처하지 않는 대신 자신의 영지에서 영원히 추방하고 그 뒤로 그의 소식을 들은 사람은 아무도 없다.

72. 도둑과 그의 스승

교회지기에게 속아 자기 아들의 운명이 도둑이 되는 것이라고 믿게 된 한 아버지가 깊은 숲속에 사는 도둑계의 대가를 찾아가 자기 아들의 스승이 되어 훈련시켜 달라고 부탁한다. 도둑계의 대가는 아들이 앞으로 1년 간 자기 밑에서 훈련을 받은 뒤에도 아버지가 아들을 알아본다면 수업료로 아무런 대가도 받지 않겠다고 말한다. 1년 뒤, 아들을 만나러 가는 길에 운 좋게도 아버지 앞에 난쟁이가 나타나 아들이 참새로 변해 있을 것이라고 귀띔해 준 덕택에 아버지는 아들의 수업료를 지불하지 않아도 되지만 아들의 스승은 기분이 상한다. 아버지와 함께 집으로 돌아온 아들은 사기를 치기 위해 말로 변신하는데, 변장한 스승이 그 말을 사서 포로로 자기 집에 데려간다. 하지만 소년이 도망치자 스승과 소년 사이에 서로 변신을 거듭하는 한바탕 싸움이 펼쳐진다. 그러던 끝에 급기야 스승은 수탉으로 변신하고, 한때 그의 제자였던 소년은 여우로 변신해 수탉의 머리를 물어뜯어 잘라내 버린다.

73. 생명의 물

왕이 중병이 들자, 세 아들은 유일한 치료약인 전설 속 '생명의 물'을 찾아 위험한 여행길에 나선다. 도중에 그들은 난쟁이를 만나는데 오직 막내 왕자만이 예의 바르게 굴어 난쟁이로부터 귀중한 정보를 얻고, 오만한 형들은 산길에 갇혀 오도 가도 못하는 신세가 된다. 막내 왕자는 마법에 걸린 이상한 성에서 '생명의 물'을 찾은 후 공주를 마법에서 구해 내고 1년 뒤 돌아와 달라는 부탁을 받는다. 집으로 돌아오는 길에는 위험에 처한 세 왕국을 돕고, 산길에 갇혀 꼼짝도 못 하는 두 형까지 구한다. 하지만 두 형이 '생명의 물'을 슬쩍해 바닷물과 바꿔 놓는 바람에 그 물을 마신 왕이 하마터면 죽을 뻔한다. 그 책임을 물어 막내 왕자를 사형에 처하라는 왕명이 내려지지만 마음씨 고운 사냥꾼이 왕자의 목숨을 살려 준다. 형들은 한 사람씩 마법에 걸렸던 성의 공주에게로 가려고 하지만 실패하며, 공주의 성에 이르는 황금 길을 무시한 막내 왕자만이 공주에게로 가서 두 사람은 바로 결혼한다. 그 뒤 공주는 왕자에게 그의 아버지가 왕자의 무고함에 대해 알게 되어 그를 용서했다는 소식을 전해 준다. 왕자는 공주와 함께 왕에게로 돌아가고, 그사이 그의 형들은 처벌을 받기 전에 줄행랑을 친다.

74. 달

아득히 먼 옛날, 네 사람이 참나무에 등잔처럼 매달린 빛나는 공, 즉 달을 발견하고는 자기들 나라로 가져간다. 네 사람이 나이가 들어 한 사람씩 죽을 때마다 달을 4분의 1씩 떼서 무덤에 함께 묻어 주는데, 네 사람이 다 죽고 나서야 비로소 네 조각났던 달이 지하세계에서 다시 온전히 하나가 된다. 깜깜했던 지하세계에 새롭게 빛이 비추자 죽은 자들이 깨어나 신이 나서 흥청거리고 싸움까지 벌인다. 결국 죽은 자들이 너무 소란을 피운 탓에 천국에서 성 베드로가 내려와 달을 앗아가 하늘나라에 걸어 놓는다.

75. 엄지둥이

가난한 농부의 아내가 영리하지만 엄지손가락만큼 작은 아이를 낳는다. 엄지둥이는 아주 작은 몸으로 말의 귓속에 앉아 말을 몰고, 도둑들이 도둑질을 못 하게 훼방 놓고, 자기를 이용해 한몫 보려는 사람들을 골탕 먹이기도 하는 등 여러 모험을 즐긴다. 그러던 중 엄지둥이는 우연히 소에게 삼켜졌다가 겨우 탈출하지만 또다시 늑대에게 통째로 삼켜지고 만다. 그러나 늑대를 속여서 자신의 집으로 가게 만든 다음, 늑대의 뱃속에서 소리쳐 엄마 아빠에게 알린다. 그러자 엄마 아빠가 늑대를 죽여 자신들의 사랑스런 아이를 늑대의 배에서 꺼낸다.